胡楚生編著

韓文選析

臺灣學生書局印行

新版自敘

「韓文選析」一書，於民國七十二年，由華正書局印行，目的在於引領青年學子，欣賞古文作品，學習古文寫作，同學於韓文作品，講解吟誦、熟讀深思之餘，初習古文寫作，不免尚顯生澀拼湊之跡，但經刪削改訂、討論得失、習作數篇之後，往往即能見其迅速之進步，以至斐然成章者，亦多有之，其於習者教者，咸有莫大之鼓舞在焉。

近年以來，華正書局結束營業，「韓文選析」一書，乃轉請學生書局，繼續印行，以供雅愛古文者，閱讀之用，茲謹略記始末，兼亦誌其感謝之忱云爾。

民國一〇七年四月二十日　胡楚生謹識

自敍

胡楚生 編著

戊戌之秋，余在上庠，從九江閔先生肖伋誦習韓文，先生則固梅縣大儒古公層冰之入室弟子也，先生積道藏德，遁光不曜，而湛深古文，卓然名家，講習之初，先生即授以因聲求氣之法，歷引姚姬傳、劉海峯、曾滌生諸家講求聲律之言以為教，然後舉昌黎先生所謂「氣盛而言之短長與聲之高下者皆宜」之說，以相質證，由是得於聲韻神氣之際，昭若發蒙，先生又輒舉韓公之文，為之示範誦讀，每遇啓齒，琅琅上口，似出金石之聲，抑揚頓挫，莫不中節，而音調鏗鏘，情韻尤極宛然，每一篇竟，則先生汗涔涔下，為之淋漓而盡興矣，當時情景，歷歷在目，迄今二十餘年，猶覺彌久而彌新焉，比年以來，余亦以韓柳之文，承乏上庠，間嘗以其諷誦吟咏因聲求氣者，率諸生試為之，然而心勞力拙，其彷彿於先生者，未能百一，而衷心嚮往之情，則愈深而益切矣，每念先生昔日寄望之殷，冀其泓涵演迤，日大以肆者，則倍增其愧疚焉，頃者，遂錄韓公之文，篇凡四十，都為一卷，既以授弟子，兼之以自課，亦期置諸座右，惕勵自警，講習諷味，容能寸進，以無忘乎先生昔日之教誨者也。

中華民國七十二年歲次癸亥七月二十六日胡楚生識於國立中興大學中文系

凡例

一、茲編為便利學子誦習，所選文公作品，多以篇章簡短，較易講明者為主，長篇巨構，如平淮西碑、曹成王碑，詭譎之作，如毛穎傳、送窮文等，則並不加收錄，蓋其意有偏主，取捨遂異，非謂韓文精萃，盡在於斯也。

二、韓文自來，頗多異字，詳加比勘，事涉專門，茲編於義有疑似之處，多擇善而從，不加說明，其有特關緊要者，則於注釋之中，略予考訂。

三、新舊唐書之中，所記文公本事，雖大體相同，然而殊異之處，可以互加辨正，詳略之處，可以互作彌縫，是皆有助於知人而論世者也，茲編於新舊唐書文公本傳，並加錄出，以供參稽。

四、文公年譜，撰者多人，茲編意取簡要，唯參稽呂大防、洪興祖、儲欣等人所撰年譜，折衷而成，至於年譜中著錄文公所撰諸文，則以茲編已選錄者為主，以助省覽，非謂文公頻年所作，僅止於此耳。

五、李漢為文公之壻，所輯文公作品，為時最早，所撰文公集序，誦之可得文公諸作之大略，益以趙德文錄之序，尤可見韓文流傳之軌跡焉。

六、諸家論評：其有涉於韓文之大體，以及通述各類之歸趨者，則撮集於前，別為「綜評」一類，俾使讀者於開卷之初，卽可周知韓文體要，從而可以進窺各篇之恉趣也。

七、文章誦讀，貴乎一氣，或有斷續，便減神味，然為曉喻初學之計，不得不強加段落，以醒眉目，非謂誦讀之際，韓公之文，可以明顯為之斷限也。

八、韓文生僻難解者，類不多見，茲編選錄諸篇，既以誦讀摹習為主，是以注釋方面，力求其簡，除事跡、典實、職官、郡縣諸端之外，皆不詳加釋義。

九、文章評點，肇自呂東萊古文關鍵，而真德秀文章正宗、謝枋得文章軌範繼之，馴至明清之際，唐順之、茅鹿門、歸熙甫、劉海峯諸人，尤昌大之，然而標識評點，原以自悟為主，揭以示人，勢難相授，至於分析評論，諸家所重，雖各不同，其有助於接引啓發，則為不爭之事實，茲編於注釋方面，既已力求其簡，而於諸家論析方面，則多務求其詳，一得之愚，忝綴於後，則以「今案」別之。

十、文公卒後，李習之為撰行狀，皇甫持正為撰墓誌，而東坡居士所撰潮州廟碑，推尊尤為駿烈，歐陽永叔所記韓文舊本，其於韓集流傳，韓文影響，亦極清晰，茲並附列編末，以為誦習韓文者參證之資。

十一、韓公倡導古文，闡明道統，承先啓後，厥功至偉，而千百年來，真能深知其貢獻者，亦不多見，唯義寧陳寅恪氏所撰「論韓愈」一篇，引證分析，乃能為之闡幽發伏，宣揚潛德者，茲為列入附編，以供參酌之用。

十二、韓文析評，徵引諸家，為省重複，正文之後，僅列名氏，附編之末，則略依姓字，更為簡表，注明資料來源，俾供參稽對照。

韓文選析 目次

附編

前編

舊唐書韓愈傳

韓愈字退之，昌黎人。父仲卿，無名位。愈生三歲而孤，養於從父兄。愈自以孤子，幼刻苦學儒，不俟獎勵。大曆、貞元之間，文字多尚古學，效楊雄、董仲舒之述作，而獨孤及、梁肅最稱淵奧，儒林推重。愈從其徒遊，銳意鑽仰，欲自振於一代。洎舉進士，投文於公卿間，故相鄭餘慶頗為之延譽，由是知名於時。

尋登進士第。宰相董晉出鎮大梁，辟為巡官。府除，徐州張建封又請為其賓佐。愈發言真率，無所畏避，操行堅正，拙於世務。調授四門博士，轉監察御史。德宗晚年，政出多門，宰相不專機務，宮市之弊，諫官論之不聽。愈嘗上章數千言極論之，不聽，怒貶為連州陽山令，量移江陵府掾曹。元和初，召為國子博士，遷都官員外郎。時華州刺史閻濟美以公事停華陰令柳澗縣務，俾攝掾曹。居數月，濟美罷郡，出居公館，澗遂諷百姓遮道索前年軍頓役直。後刺史趙昌按得澗罪以聞，貶房州司馬。愈因使過華，知其事，以為刺史相黨，上疏理澗，留中不下。詔監察御史李宗奭按驗，得澗贓狀，再貶澗封溪尉。以愈妄論，復為國子博士。愈自以才高，累被擯黜，作進學解以自喻曰：

國子先生晨入太學，召諸生立館下，誨之曰：「業精于勤荒于嬉，行成于思毀于隨。方今聖賢相逢，治具畢張，拔去兇邪，登崇俊良。占小善者率以錄，名一藝者無不庸。爬羅剔抉，刮垢磨光。蓋有幸而獲選，孰云多而不揚？諸生業患不能精，無患有司之不明；行患不能成，無患有司之不公。」

言未既，有笑于列者曰：「先生欺予哉！弟子事先生，于茲有年矣。先生口不絕吟於六藝之文，手不停披於百家之編。記事者必提其要，纂言者必鉤其玄。貪多務得，細大不捐。燒膏油以繼晷，常矻矻以窮年。先生之業，可謂勤矣。觝排異端，攘斥佛、老，補苴罅漏，張皇幽眇。尋墜緒之茫茫，獨旁搜而遠紹；障百川而東之，迴狂瀾於既倒。先生之於儒，可謂有勞矣。沉浸濃郁，含英咀華，作為文章，其書滿家。上規姚、姒，渾渾無涯。周誥、殷盤，佶屈聱牙。春秋謹嚴，左氏浮誇。易奇而法，詩正而葩。下迨莊、騷，太史所錄，子雲、相如，同工異曲。先生之於文，可謂閎其中而肆其外矣。

少始知學，勇於敢為；長通於方，左右具宜。先生之於為人，可謂成矣。然而公不見信於人，私不見助於友，跋前躓後，動輒得咎。暫為御史，遂竄南夷。三為博士，冗不見治。命與仇謀，取敗幾時。冬煖而兒號寒，年豐而妻啼饑。頭童齒豁，竟死何裨？不知慮此，而反教人為！」

先生曰：「吁，子來前。夫大木為宗，細木為桷，欂櫨侏儒，椳闑扂楔，各得其宜，施以成室者，匠氏之工也。玉札丹砂、赤箭青芝、牛溲馬勃、敗鼓之皮，俱收并蓄，待用無遺者，醫師之良也。登明選公，雜進巧拙，紆餘為妍，卓犖為傑，校短量長，唯器是適者，宰相之方也。昔者，孟軻好辯，孔道以明，轍環天下，卒老于行。荀卿守正，大論是弘，逃讒于楚，廢死蘭陵。是二儒者，吐辭為經，舉足為法，絕類離倫，優入聖域，其遇于世何如也？今先生學雖勤，不由其統；言雖多，不要其中；文雖奇，不濟於用；行雖修，不顯於衆。猶且月費俸錢，歲靡廩粟，子不知耕，婦不知織，乘馬從徒，安坐而食，踵常塗之促促，窺陳編以盜竊。然而聖主不加誅，宰臣不見斥，此非其幸哉！動而得謗，名亦隨之。投閒置散，乃分之宜。若夫商財賄之有無，計班資之崇庳，忘己量之所稱，指前人之瑕疵，是所謂詰匠氏之不以杙為楹，而訾醫師以昌陽引年，欲進其豨苓也。」

執政覽其文而憐之，以其有史才，改比部郎中、史館修撰。踰歲，轉考功郎中、知制誥，拜中書舍人。

俄有不悅愈者，摭其舊事，言愈前左降為江陵掾曹，荆南節度使裴均館之頗厚，均子鍔凡鄙，近者鍔還省父，愈為序餞鍔，仍呼其字。此論喧於朝列，坐是改太子右庶子。元和十二年八月，宰臣裴度為淮西宣慰處置使，兼彰義軍節度使，請愈為行軍司馬，仍賜金紫。淮、蔡平，十二月隨度還朝，以功授刑部侍郎，仍詔愈撰平淮西碑，其辭多敍裴度事。時先入蔡州擒吳元濟，李愬功第一，愬不平之。愬妻出入禁中，因訴碑辭不實，詔令磨愈文。憲宗命翰林學士段文昌重撰文勒石。

鳳翔法門寺有護國真身塔，塔內有釋迦文佛指骨一節，其書本傳法，三十年一開，開則歲豐人泰。十四年正月，上令中使杜英奇押宮人三十人，持香花，赴臨皋驛迎佛骨。自光順門入大內，留禁中三日，乃送諸寺。王公士庶，奔走捨施，唯恐在後。百姓有廢業破產、燒頂灼臂而求供養者。愈素不喜佛，上疏諫曰：

伏以佛者，夷狄之一法耳。自後漢時始流入中國，上古未嘗有也。昔黃帝在位百年，年百一十歲；少昊在位八十年，年百歲；顓頊在位七十九年，年九十八歲；帝嚳在位七十年，年百五歲；帝堯在位九十八年，年百一十八歲；帝舜及禹年皆百歲。此時天下太平，百姓安樂壽考，然而中國未有佛也。其後殷湯亦年百歲，湯孫太戊在位七十五年，武丁在位五十年，書史不言其壽，推其年數，蓋亦俱不減百歲。周文王年九十七歲，武王年九十三歲，穆王在位百年。此時佛法亦未至中國，非因事佛而致此也。

漢明帝時始有佛法，明帝在位纔十八年耳。其後亂亡相繼，運祚不長，宋、齊、梁、陳、元魏已下，事佛漸謹，年代尤促。唯梁武帝在位四十八年，前後三度捨身施佛，宗廟之祭，不用牲牢，晝日一食，止於菜果；其後竟為侯景所逼，餓死臺城，國亦尋滅，事佛求福，乃更得禍。由此觀之，佛不足信，亦可知矣。

高祖始受隋禪，則議除之。當時羣臣識見不遠，不能深究先王之道、古今之宜，推闡聖明，以救斯弊，其事遂止。臣嘗恨焉！伏惟皇帝陛下，神聖英武，數千百年以來未有倫比。卽位之初，卽不許度人為僧尼、道士，又不許別立寺觀。臣當時以為高祖之志，必行於陛下之手。今縱未能卽行，豈可恣之轉令盛也！

今聞陛下令羣僧迎佛骨於鳳翔，御樓以觀，舁入大內，令諸寺遞迎供養。臣雖至愚，必知陛下不惑於佛，作此崇奉以祈福祥也。直以年豐人樂，徇人之心，為京都士庶設詭異之觀、戲玩之具耳。安有聖明若此而肯信此等事哉？然百姓愚冥，易惑難曉，苟見陛下如此，將謂真心信佛。皆云天子大聖，猶一心敬信，百姓微賤，於佛豈合惜身命。所以灼頂燔指，百十為羣，解衣散錢，自朝至暮，轉相倣效，唯恐後時，老幼奔波，棄其生業。若不卽加禁遏，更歷諸寺，必有斷臂臠身以為供養者。傷風敗俗，傳笑四方，非細事也。

佛本夷狄之人，與中國言語不通，衣服殊製。口不道先王之法言，身不服先王之法服，不知君臣之義、父子之情。假如其身尚在，奉其國命，來朝京師，陛下容而接之，不過宣政一見，禮賓一設，賜衣一襲，衞而出之於境，不令惑於衆也。況其身死已久，枯朽之骨，兇穢之餘，豈宜以入宮禁！孔子曰：「敬鬼神而遠之。」古之諸侯，行弔於國，尚令巫祝先以桃茢，祓除不祥，然後進弔。今無故取朽穢之物，親臨觀之，巫祝不先，桃茢不用，羣臣不言其非，御史不舉其失，臣實恥之。乞以此骨，付之水火，永絕根本，斷天下之疑，絕後代之惑。使天下之人，知大聖人之所作為，出於尋常萬萬也，豈不盛哉！豈不快哉！佛如有靈，能作禍祟，凡有殃咎，宜加臣身。上天鑒臨，臣不怨悔。

疏奏，憲宗怒甚。間一日，出疏以示宰臣，將加極法。裴度、崔羣奏曰：「韓愈上忤尊聽，誠宜得罪，然而非內懷忠懇，不避黜責，豈能至此？伏乞稍賜寬容，以來諫者。」上曰：「愈言我奉佛太過，我猶為容之。至謂東漢奉佛之後，帝王咸致夭促，何言之乖剌也？愈為人臣，敢爾狂妄，固不可赦。」于是人情驚惋，乃至國戚諸貴亦以罪愈太重，因事言之，乃貶為潮州刺史。

愈至潮陽，上表曰：

臣今年正月十四日，蒙恩授潮州刺史，即日馳驛就路。經涉嶺海，水陸萬里。臣所領州，在廣府極東，去廣府雖云二千里，然來往動皆踰月。過海口，下惡水，濤瀧壯猛，難計期程，颶風鱷魚，患禍不測。州南近界，漲海連天，毒霧瘴氛，日夕發作。臣少多病，年纔五十，髮白齒落，理不久長。加以罪犯至重，所處又極遠惡，憂惶慚悸，死亡無日。單立一身，朝無親黨，居蠻夷之地，與魑魅同羣。苟非陛下哀而念之，誰肯為臣言者。

臣受性愚陋，人事多所不通，唯酷好學問文章，未嘗一日暫廢，實為時輩推許。臣於當時之文，亦未有過人者，至於論述陛下功德，與詩、書相表裏，作為歌詩，薦之郊廟，紀太山之封，鏤白玉之牒，鋪張對天之宏休，揚厲無前之偉跡，編於詩、書之策而無愧，措於天地之間而無虧。雖使古人復生，臣未肯多讓。伏以大唐受命有天下，四海之內，莫不臣妾，南北東西，地各萬里。自天寶之後，政治少懈，文致未優，武克不綱。孽臣姦隸，外順內悖，父死子代，以祖以孫，如古諸侯，自擅其地，不朝不貢，六七十年。四聖傳序，以至陛下，躬親聽斷，干戈所麾，無不從順。宜定樂章，以告神明，東巡泰山，奏功皇天，使永永萬年，服我成烈。當此之際，所謂千載一時不可逢之嘉會，而臣負罪嬰釁，自拘海島，戚戚嗟嗟，日與死迫，曾不得奏薄伎於從官之內、隸御之間，窮思畢精，以贖前過。懷痛窮天，死不閉目！瞻望宸極，魂神飛去。伏惟陛下，天地父母，哀而憐之。

憲宗謂宰臣曰：「昨得韓愈到潮州表，因思其所諫佛骨事，大是愛我，我豈不知？然愈為人臣，不當言人主事佛乃年促也。我以是惡其容易。」上欲復用愈，故先語及，觀宰臣之奏對。而皇甫鎛惡愈狷直，恐其復用，率先對曰：「愈終太狂疏，且可量移一郡。」乃授袁州刺史。

初，愈至潮陽，既視事，詢吏民疾苦，皆曰：「郡西湫水有鱷魚，卵而化，長數丈，食民畜產將盡，以是民貧。」居數日，愈往視之，令判官秦濟炮一豚一羊，投之湫水，咒之曰：

前代德薄之君，棄楚、越之地，則鱷魚涵泳於此可也。今天子神聖，四海之外，撫而有之。況揚州之境，刺史縣令之所治，出貢賦以共天地宗廟之祀，鱷魚豈可與刺史雜處此土哉？刺史受天子命，令守此土，而鱷魚睅然不安谿潭，食民畜熊鹿麞豕，以肥其身，以繁其卵，與刺史爭為長。刺史雖駑弱，安肯為鱷魚低首而下哉？今潮州大海在其南，鯨鵬之大，蝦蟹之細，無不容，鱷魚朝發而夕至。今與鱷魚約，三日乃至七日，如頑而不徙，須為物害，則刺史選材伎壯夫，操勁弓毒矢，與鱷魚從事矣！

咒之夕，有暴風雷起於湫中。數日，湫水盡涸，徙於舊湫西六十里。自是潮人無鱷患。袁州之俗，男女隸於人者，踰約則沒入出錢之家。愈至，設法贖其所沒男女，歸其父母。仍削其俗法，不許隸人。

十五年，徵為國子祭酒，轉兵部侍郎。會鎮州殺田弘正，立王廷湊，令愈往鎮州宣諭。愈既至，集軍民，諭以逆順，辭情切至，廷湊畏重之。改吏部侍郎。轉京兆尹，兼御史大夫。以不臺參，為御史中丞李紳所劾。愈不伏，言準敕仍不臺參。紳、愈性皆褊僻，移刺往來，紛然不止，乃出紳為浙西觀察使，愈亦罷尹，為兵部侍郎。及紳面辭赴鎮，泣涕陳敘，穆宗憐之，乃追制以紳為兵部侍郎，愈復為吏部侍郎。

長慶四年十二月卒，時年五十七，贈禮部尚書，諡曰文。

愈性弘通，與人交，榮悴不易。少時與洛陽人孟郊、東郡人張籍友善。二人名位未振，愈不避寒暑，稱薦於公卿間，而籍終成科第，榮於祿仕。後雖通貴，每退公之隙，則相與談讌，論文賦詩，如平昔焉。而觀諸權門豪士，如僕隸焉，瞪然不顧。而頗能誘厲後進，館之者十六七，雖晨炊不給，怡然不介意。大抵以興起名教弘獎仁義為事。凡嫁內外及友朋孤女僅十人。

常以為自魏、晉已還，為文者多拘偶對，而經誥之指歸，遷、雄之氣格，不復振起矣。故愈所為文，務反近體，抒意立言，自成一家新語。後學之士，取為師法。當時作者甚衆，無以過之，故世稱「韓文」焉。然時有恃才肆意，亦有盭孔、孟之旨。若南人妄以柳宗元為羅池神，而愈譔碑以實之；李賀父名晉，不應進士，而愈為賀作諱辨，令舉進士；又為毛穎傳，譏戲不近人情：此文章之甚紕繆者。時謂愈有史筆，及撰順宗實錄，繁簡不當，敘事拙於取捨，頗為當代所非。穆宗、文宗嘗詔史臣添改，時愈壻李漢、蔣係在顯位，諸公難之。而韋處厚竟別撰順宗實錄三卷。有文集四十卷，李漢為之序。

子昶，亦登進士第。

新唐書韓愈傳

韓愈字退之，鄧州南陽人。七世祖茂，有功於後魏，封安定王。父仲卿，為武昌令，有美政，既去，縣人刻石頌德。終秘書郎。

愈生三歲而孤，隨伯兄會貶官嶺表。會卒，嫂鄭鞠之。愈自知讀書，日記數千百言，比長，盡能通六經、百家學。擢進士第。會董晉為宣武節度使，表署觀察推官。晉卒，愈從喪出，不四日，汴軍亂，乃去依武寧節度使張建封，建封辟府推官。操行堅正，鯁言無所忌。調四門博士，遷監察御史。上疏極論宮市，德宗怒，貶陽山令。有愛在民，民生子多以其姓字之。改江陵法曹參軍。元和初，權知國子博士，分司東都，三歲為真。改都官員外郎，即拜河南令。遷職方員外郎。

華陰令柳澗有罪，前刺史劾奏之，未報而刺史罷。澗諷百姓遮索軍頓役直，後刺史惡之，按其獄，貶澗房州司馬。愈過華，以為刺史陰相黨，上疏治之。既御史覆問，得澗贓，再貶封溪尉。愈坐是復為博士。既才高數黜，官又下遷，乃作進學解以自諭曰：

國子先生晨入太學，召諸生立館下，誨之曰：「業精于勤，荒于嬉；行成于思，毀于隨。方今聖賢相逢，治具畢張，拔去兇邪，登崇畯良。占小善者率以錄，名一藝者無不庸。把羅剔抉，刮垢磨光。蓋有幸而獲選，孰云多而不揚？諸生業患不能精，無患有司之不明；行患不能成，無患有司之不公。」

言未既，有笑于列者曰：「先生欺予哉！弟子事先生，于茲有年矣。先生口不絕吟於六藝之文，手不停披於百家之編。記事者必提其要，纂言者必鉤其玄。貪多務得，細大不捐。燒膏油以繼晷，常矻矻以窮年。先生之業，可謂勤矣。觝排異端，攘斥佛老。補苴罅漏，張皇幽眇。尋墜緒之茫茫，獨旁搜而遠紹。停百川而東之，回狂瀾於既倒。先生之於儒，可謂有勞矣。沈浸醲郁，含英咀華。作為文章，其書滿家。上規姚姒，渾渾亡涯。周誥商盤，佶屈聱牙。春秋謹嚴，左氏浮夸。易奇而法，詩正而葩。下逮莊騷，太史所錄，子雲相如，同工異曲。先生之於文，可謂閎其中而肆其外矣。少始知學，勇於敢為。長通於方，左右其宜。先生之於為人，可謂成矣。然而公不見信於人，私不見助於友。跋前躓後，動輒得咎。暫為御史，遂竄南夷。三年博士，冗不見治。命與仇謀，其敗幾時。冬煖而兒號寒，年豐而妻啼飢。頭童齒豁，竟死何裨？不知慮此，而反教人為！」

先生曰：「吁！子來前。夫大木為宋，細木為桷，欂櫨侏儒，椳闑扂楔，各得其宜。施以成室者，匠氏之工也。玉札丹砂，赤箭青芝，牛溲馬勃，敗鼓之皮，俱收並蓄，待用無遺者，醫師之良也。登明選公，雜進巧拙，紆餘為妍，卓犖為傑，校短量長，唯器是適者，宰相之方也。昔者孟軻好辯，孔道以明；轍環天下，卒老于行。荀卿守王，大倫以興；逃讒于楚，廢死蘭陵。是二儒者，吐詞為經，擧足為法，絕類離倫，優入聖域，其遇於世何如也？今先生學雖勤而不繇其統，言雖多而不要其中；文雖奇而不濟於用，行雖脩而不顯於衆。猶且月費俸錢，歲靡稟粟，子不知耕，婦不知織；乘馬從徒，安坐而食；踵常塗之促促，窺陳編以盜竊。然而聖主不加誅，宰臣不見斥。茲非其幸歟？動而得謗，名亦隨之。投閑置散，乃分之宜。若夫商財賄之有無，計班資之崇庳，忘量己之所稱，指前人之瑕疵，是所謂詰匠氏之不以杙為楹，而訾醫師以昌陽引年，欲進其豨苓也。」

執政覽之，奇其才，改比部郎中、史館脩撰。轉考功，知制誥，進中書舍人。

初，憲宗將平蔡，命御史中丞裴度使諸軍按視。及還，且言賊可滅，與宰相議不合。愈亦奏言：

淮西連年脩器械防守，金帛糧畜耗於給賞，執兵之卒四向侵掠，農夫織婦餉於其後，得不償費。比聞畜馬皆上槽櫪，此譬有十夫之力，自朝抵夕，跳躍叫呼，勢不支久，必自委頓。當其已衰，三尺童子可制其命。況以三州殘弊困劇之餘而當天下全力，其敗可立而待也。然未可知者，在陛下斷與不斷耳。夫兵不多不足以取勝，必勝之師不在速戰，兵多而戰不速則所費必廣。疆埸之上，日相攻劫，近賊州縣，賦役百端，小遇水旱，百姓愁苦。方此時，人人異議以惑陛下，陛下持之不堅，半塗而罷，傷威損費，為弊必深。所要先決於心，詳度本末，事至不惑，乃可圖功。

又言：「諸道兵羇旅單弱不足用，而界賊州縣，百姓習戰鬭，知賊深淺，若募以內軍，教不三月，一切可用。」又欲「四道置兵，道率三萬，畜力伺利，一日俱縱，則蔡首尾不救，可以責功」。執政不喜。會有人詆愈在江陵時為裴均所厚，均子鍔素無狀，愈為文章，字命鍔，謗語囂暴，由是改太子右庶子。及度以宰相節度彰義軍，宣慰淮西，奏愈行軍司馬。愈請乘遽先入汴，說韓弘使叶力。元濟平，遷刑部侍郎。

憲宗遣使者往鳳翔迎佛骨入禁中，三日，乃送佛祠。王公士人奔走膜唄，至為夷法灼體膚，委珍貝，騰沓係路。愈聞惡之，乃上表曰：

佛者，夷狄之一法耳。自後漢時始入中國，上古未嘗有也。昔黃帝在位百年，年百一十歲；少昊在位八十年，年百歲；顓頊在位七十九年，年九十歲；帝嚳在位七十年，年百五歲；堯在位九十八年，年百一十八歲；帝舜在位及禹年皆百歲。此時天下太平，百姓安樂壽考，然而中國未有佛也。其後，湯亦年百歲，湯孫太戊在位七十五年，武丁在位五十年，書史不言其壽，推其年數，蓋不減百歲。周文王年九十七歲，武王年九十三歲，穆王在位百年。此時佛法亦未至中國，非因事佛而致然也。漢明帝時始有佛法，明帝在位纔十八年。其後亂亡相繼，運祚不長。宋、齊、梁、陳、元魏以下，事佛漸謹，年代尤促。唯梁武帝在位四十八年，前後三捨身施佛，宗廟祭不用牲牢，晝日一食，止於菜果，後為侯景所逼，餓死臺城，國亦尋滅。事佛求福，乃更得禍。由此觀之，佛不足信，亦可知矣。

高祖始受隋禪，則議除之。當時羣臣識見不遠，不能深究先王之道、古今之宜，推闡聖明，以救斯弊，其事遂止。臣常恨焉！伏惟睿聖文武皇帝陛下，神聖英武，數千百年以來，未有倫比。卽位之初，卽不許度人為僧尼、道士，又不許別立寺觀。臣當時以為高祖之志，必行於陛下。今縱未能卽行，豈可恣之令盛也？今陛下令羣僧迎佛骨於鳳翔，御樓以觀，舁入大內，又令諸寺遞加供養。臣雖至愚，必知陛下不惑於佛，作此崇奉以祈福祥也。直以豐年之樂，徇人之心，為京都士庶設詭異之觀、戲玩之具耳。安有聖明若此，而肯信此等事哉？然百姓愚冥，易惑難曉，苟見陛下如此，將謂真心信佛，皆云：「天子大聖，猶一心信向，百姓微賤，於佛豈合更惜身命？」以至灼頂燔指，十百為羣，解衣散錢，自朝至暮，轉相放效，唯恐後時，老幼奔波，棄其生業。若不卽加禁遏，更歷諸寺，必有斷臂臠身以為供養者。傷風敗俗，傳笑四方，非細事也。

佛本夷狄之人，與中國言語不通，衣服殊製，口不道先王之法言，身不服先王之法服，不知君臣之義、父子之情。假如其身尚在，奉其國命來朝京師，陛下容而接之，不過宣政一見，禮賓一設，賜衣一襲，衛而出之於境，不令貳於衆也。況其身死已久，枯朽之骨，凶穢之餘，豈宜以入宮禁？孔子曰：「敬鬼神而遠之。」古之諸侯弔於其國，必令巫祝先以桃茢祓除不祥，然後進弔。今無故取朽穢之物，親臨觀之，巫祝不先，桃茢不用，羣臣不言其非，御史不舉其失，臣實恥之。乞以此骨付之水火，永絕根本，斷天下之疑，絕前代之惑，使天下之人知大聖人之所作為出於尋常萬萬也。佛如有靈，能作禍祟，凡有殃咎，宜加臣身。上天鑒臨，臣不怨悔。

表入，帝大怒，持示宰相，將抵以死。裴度、崔羣曰：「愈言訐牾，罪之誠宜。然非內懷至忠，安能及此？願少寬假，以來諫爭。」帝曰：「愈言我奉佛太過，猶可容；至謂東漢奉佛以後，天子咸夭促，言何乖剌邪？愈，人臣，狂妄敢爾，固不可赦。」於是中外駭懼，雖戚里諸貴，亦為愈言，乃貶潮州刺史。

既至潮，以表哀謝曰：

臣以狂妄戇愚，不識禮度，陳佛骨事，言涉不恭，正名定罪，萬死莫塞。陛下哀臣愚忠，恕臣狂直，謂言雖可罪，心亦無它，特屈刑章，以臣為潮州刺史，既免刑誅，又獲祿食，聖恩寬大，天地莫量，破腦刳心，豈足為謝！

臣所領州，在廣府極東，過海口，下惡水，濤瀧壯猛，難計期程，颶風鱷魚，患禍不測。州南近界，漲海連天，毒霧瘴氛，日夕發作。臣少多病，年纔五十，髮白齒落，理不久長。加以罪犯至重，所處遠惡，憂惶慚悸，死亡無日。單立一身，朝無親黨，居蠻夷之地，與魑魅同羣，苟非陛下哀而念之，誰肯為臣言者？

臣受性愚陋，人事多所不通，維酷好學問文章，未嘗一日暫廢，實為時輩所見推許。臣於當時之文，亦未有過人者。至於論述陛下功德，與詩書相表裏，作為歌詩，薦之郊廟，紀太山之封，鏤白玉之牒，鋪張對天之宏休，揚厲無前之偉蹟，編於詩、書之策而無愧，措於天地之間而無虧，雖使古人復生，臣未肯讓。

伏以皇唐受命有天下，四海之內，莫不臣妾，南北東西，地各萬里。自天寶以後，政治少懈，文致未優，武剋不剛，孽臣奸隸，蠹居棊處，搖毒自防，外順內悖，父死子代，以祖以孫，如古諸侯，自擅其地，不朝不貢，六七十年。四聖傳序，以至陛下。陛下即位以來，躬親聽斷，旋乾轉坤，關機闔開，雷厲風飛，日月清照，天戈所麾，無不從順。宜定樂章，以告神明，東巡泰山，奏功皇天，具著顯庸，明示得意，使永永年服我成烈。當此之際，所謂千載一時不可逢之嘉會，而臣負罪嬰釁，自拘海島，戚戚嗟嗟，日與死迫，曾不得奏薄伎於從官之內、隸御之間，窮思畢精，以贖前過。懷痛窮天，死不閉目，伏惟陛下天地父母哀而憐之。

帝得表，頗感悔，欲復用之，持示宰相曰：「愈前所論是大愛朕，然不當言天子事佛乃年促耳。」皇甫鎛素忌愈直，即奏言：「愈終狂疏，可且內移。」乃改袁州刺史。

初，愈至潮，問民疾苦，皆曰：「惡溪有鱷魚，食民畜產且盡，民以是窮。」數日，愈目往視之，令其屬秦濟以一羊一豚投谿水而祝之曰：

昔先王既有天下，迾山澤，罔繩擉刃以除蟲蛇惡物為民物害者，驅而出之四海之外。及德薄，不能遠有，則江、漢之間尚皆棄之以與蠻夷楚、越，況湖、嶺之間去京師萬里哉？鱷魚之涵淹卵育於此，亦固其所。

今天子嗣唐位，神聖慈武，四海之外，六合之內，皆撫而有之，況禹跡所揜，揚州之近地，刺史縣令之所治，出貢賦以供天地、宗廟、百神之祀之壤者哉？鱷魚其不可與刺史雜處此土也。刺史受天子命，守此土，治此民，而鱷魚睅然不安溪潭，據處食民畜熊豕鹿麞以肥其身，以種其子孫，與刺史拒爭為長雄。刺史雖駑弱，亦安肯為鱷魚低首下心，沁沁覰覰，為吏民羞，以偷活於此也？承天子命來為吏，固其勢不得不與鱷魚辨。鱷魚有知，其聽刺史。

潮之州，大海在其南，鯨鵬之大，蝦蟹之細，無不容歸，以生以食，鱷魚朝發而夕至也。今與鱷魚約：「盡三日，其率醜類南徙于海，以避天子之命吏。三日不能，至五日；五日不能，至七日。七日不能，是終不肯徙也，是不有刺史，聽從其言也。不然，則是鱷魚冥頑不靈，刺史雖有言，不聞不知也。夫傲天子之命吏，不聽其言，不徙以避之，與頑不靈而為民物害者，皆可殺。刺史則選材技民，操彊弓毒矢，以與鱷魚從事，必盡殺乃止，其無悔！」

祝之夕，暴風震電起谿中，數日水盡涸，西徙六十里，自是潮無鱷魚患。

袁人以男女為隸，過期不贖，則沒入之。愈至，悉計庸得贖所沒，歸之父母七百餘人。因與約，禁其為隸。召拜國子祭酒，轉兵部侍郎。

鎮州亂，殺田弘正而立王廷湊，詔愈宣撫。既行，衆皆危之，元稹言：「韓愈可惜。」穆宗亦悔，詔愈度事從宜，無必入。愈至，廷湊嚴兵迓之，甲士陳廷。既坐，廷湊曰：「所以紛紛者，乃此士卒也。」愈大聲曰：「天子以公為有將帥材，故賜以節，豈意同賊反邪？」語未終，士前奮曰：「先太師為國擊朱滔，血衣猶在，此軍何負，乃以為賊乎？」愈曰：「以為爾不記先太師也，若猶記之，固善。天寶以來，安祿山、史思明、李希烈等有子若孫在乎？亦有居官者乎？」衆曰：「無。」愈曰：「田公以魏、博六州歸朝廷，官中書令，父子受旗節，劉悟、李祐皆大鎮，此爾軍所共聞也。」衆曰：「弘正刻，故此軍不安。」愈曰：「然爾曹亦害田公，又殘其家矣，復何道？」衆讙曰：「善。」廷湊慮衆變，疾麾使去。因曰：「今欲廷湊何所為？」愈曰：「神策六軍將如牛元翼者為不乏，但朝廷顧大體，不可棄之。公久圍之，何也？」廷湊曰：「卽出之。」愈曰：「若爾，則無事矣。」會元翼亦潰圍出，廷湊不追。愈歸奏其語，帝大悅。轉吏部侍郎。

時宰相李逢吉惡李紳，欲逐之，遂以愈為京兆尹、兼御史大夫，特詔不臺參，而除紳中丞。紳果劾奏愈，愈以詔自解。其後文刺紛然，宰相以臺、府不協，遂罷愈為兵部侍郎，而出紳江西觀察使。紳見帝，得留，愈亦復為吏部侍郎。長慶四年卒，年五十七，贈禮部尚書，謚曰文。

愈性明銳，不詭隨。與人交，終始不少變。成就後進士，往往知名。經愈指授，皆稱「韓門弟子」，愈官顯，稍謝遣。凡內外親若交友無後者，為嫁遺孤女而卹其家。嫂鄭喪，為服期以報。

每言文章自漢司馬相如、太史公、劉向、楊雄後，作者不世出，故愈深探本元，卓然樹立，成一家言。其原道、原性、師說等數十篇，皆奧衍閎深，與孟軻、楊雄相表裏而佐佑六經云。至它文造端置辭，要為不襲蹈前人者。然惟愈為之，沛然若有餘，至其徒李翺、李漢、皇甫湜從而效之，遽不及遠甚。從愈游者，若孟郊、張籍，亦皆自名於時。

孟郊者，字東野，湖州武康人。少隱嵩山，性介，少諧合。愈一見為忘形交。年五十，得進士第，調溧陽尉。縣有投金瀨、平陵城，林薄蒙翳，下有積水。郊閒往坐水旁，裴回賦詩，而曹務多廢。令白府，以假尉代之，分其半奉。鄭餘慶為東都留守，署水陸轉運判官。餘慶鎮興元，奏為參謀。卒，年六十四。張籍謚曰貞曜先生。

郊為詩有理致，最為愈所稱，然思苦奇澀。李觀亦論其詩曰：「高處在古無上，平處下顧二謝」云。

張籍者，字文昌，和州烏江人。第進士，為太常寺太祝。久次，遷祕書郎。愈薦為國子博士。歷水部員外郎、主客郎中。當時有名士皆與游，而愈賢重之。籍性狷直，嘗責愈喜博簺及為駁雜之說，論議好勝人，其排釋老不能著書若孟軻、楊雄以垂世者。愈最後答書曰：

吾子不以愈無似，意欲推之納諸聖賢之域，拂其邪心，增其所未高。謂愈之質有可以至於道者，浚其源，道其所歸，溉其根，將食其實。此盛德之所辭讓，況於愈者哉？抑其中有宜復者，故不可遂已。

昔者聖人之作春秋也，既深其文辭矣，然猶不敢公傳道之，口授弟子，至於後世，其書出焉。其所以慮患之道微也。今夫二氏之所宗而事之者，下及公卿輔相，吾豈敢昌言排之哉？擇其可語者誨之，猶時與吾悖，其聲嘵嘵。若遂成其書，則見而怒之者必多矣，必且以我為狂為惑。其身之不能恤，書於何有？夫子，聖人也，而曰：「自吾得子路，而惡聲不入於耳。」其餘輔而相者周天下，猶且絕糧於陳，畏於匡，毀於叔孫，奔走於齊、魯、宋、衛之郊。其道雖尊，其窮亦至矣。賴其徒相與守之，卒有立於天下。嚮使獨言之而獨書之，其存也可冀乎？今夫二氏行乎中土也，蓋六百年有餘矣。其植根固，其流波漫，非所以朝令而夕禁也。自文王沒，武王、周公、成、康相與守之，禮樂皆在，及乎夫子未久也，自夫子而至乎孟子未久也，自孟子而至乎楊雄亦未久也。然猶其勤若此，其困若此，而后能有所立，吾豈可易而為之哉？其為也易，則其傳也不遠，故余所以不敢也。然觀古人，得其時，行其道，則無所為書。為書者，皆所為不行乎今，而行乎後世者也。今吾之得吾志、失吾志未可知，則俟五十、六十為之，未失也。天不欲使茲人有知乎，則吾之命不可期；如使茲人有知乎，非我其誰哉！其行道，其為書，其化今，其傳後，必有在矣。吾子其何遽戚戚於吾所為哉？

前書謂吾與人論不能下氣，若好勝者。雖誠有之，抑非好己勝也，好己之道勝也。非好己之道勝也，己之道乃夫子、孟軻、楊雄之道。傳者若不勝，則無所為道，吾豈敢避是名哉！夫子之言曰：「吾與回言終日，不違如愚。」則其與衆人辯也有矣。駁雜之譏，前書盡之，吾子其復之。昔者夫子猶有所戲，詩不云乎：「善戲謔兮，不為虐兮。」記曰：「張而不弛，文武不為也。」惡害於道哉？吾子其未之思乎？籍為詩，長於樂府，多警句。仕終國子司業。

皇甫湜字持正，睦州新安人。擢進士第，為陸渾尉，仕至工部郎中，辨急使酒，數忤同省，求分司東都。留守裴度辟為判官。度修福先寺，將立碑，求文於白居易。湜怒曰：「近捨湜而遠取居易，請從此辭。」度謝之。湜即請斗酒，飲酣，援筆立就。度贈以車馬繒綵甚厚，湜大怒曰：「自吾為顧況集序，未常許人。今碑字三千，字三縑，何遇我薄邪？」度笑曰：「不羈之才也。」從而酬之。

湜嘗為蜂螫指，購小兒斂蜂，擣取其液。一日命其子錄詩，一字誤，詬躍呼杖，杖未至，嚙其臂血流。

盧仝居東都，愈為河南令，愛其詩，厚禮之。仝自號玉川子，嘗為月蝕詩以譏切元和逆黨，愈稱其工。

時又有賈島、劉義，皆韓門弟子。

島字浪仙，范陽人，初為浮屠，名無本。來東都，時洛陽令禁僧午後不得出，島為詩自傷。愈憐之，因教其為文，遂去浮屠，舉進士。當其苦吟，雖逢值公卿貴人，皆不之覺也。一日見京兆尹，跨驢不避，譁詰之，久乃得釋。累舉，不中第。文宗時，坐飛謗，貶長江主簿。會昌初，以普州司倉參軍遷司戶，未受命卒，年六十五。

劉叉者，亦一節士。少放肆為俠行，因酒殺人亡命。會赦，出，更折節讀書，能為歌詩。然恃故時所負，不能俛仰貴人，常穿屐、破衣。聞愈接天下士，步歸之，作冰柱、雪車二詩，出盧仝、孟郊右。樊宗師見，為獨拜。能面道人短長，其服義則又彌縫若親屬然。後以爭語不能下賓客，因持愈金數斤去，曰：「此諛墓中人得耳，不若與劉君為壽。」愈不能止，歸齊、魯，不知所終。

贊曰：唐興，承五代剖分，王政不綱，文弊質窮，䍐俚混并。天下已定，治荒剔蠹，討究儒術，以興典憲，薰醲涵浸，殆百餘年，其後文章稍稍可述。至貞元、元和間，愈遂以六經之文為諸儒倡，障隄末流，反刓以樸，剗偽以真。然愈之才，自視司馬遷、楊雄，至班固以下不論也。當其所得，粹然一出於正，刊落陳言，橫騖別驅，汪洋大肆，要之無抵捂聖人者。其道蓋自比孟軻，以荀況、楊雄為未淳，寧不信然？至進諫陳謀，排難卹孤，矯拂媮末，皇皇於仁義，可謂篤道君子矣。自晉汔隋，老佛顯行，聖道不斷如帶。諸儒倚天下正議，，助為怪神。愈獨喟然引聖，爭四海之惑，雖蒙訕笑，跲而復奮，始若未之信，卒大顯於時。昔孟軻拒楊、墨，去孔子才二百年。愈排二家，乃去千餘歲，撥衰反正，功與齊而力倍之，所以過況、雄為不少矣。自愈沒，其言大行，學者仰之如泰山、北斗云。

韓愈年譜

唐代宗大曆三年戊申（西元七六八年）

愈生。

五年庚戌（西元七七〇年）

愈三歲，父仲卿卒。

九年甲寅（西元七七四年）

愈七歲，隨伯兄會入秦。

十二年丁巳（西元七七七年）

愈十歲，隨伯兄會貶官至韶州曲江。

德宗建中元年庚申（西元七八〇年）

愈十三歲，伯兄會卒於貶所，依嫂鄭氏北旋。

二年辛酉（西元七八一年）

愈十四歲，以中原有事，依嫂鄭氏就食江南。
貞元二年丙寅（西元七八六年）
愈十九歲，始至京師。
三年丁卯（西元七八七年）
愈二十歲，應進士試，報罷。
四年戊辰（西元七八八年）
愈二十一歲，應進士試，報罷。
五年己巳（西元七八九年）
愈二十二歲，應進士試，報罷。
六年庚午（西元七九〇年）
愈二十三歲，歸省江南。
七年辛未（西元七九一年）
愈二十四歲，又至京師，有送齊皞下第序。
八年壬申（西元七九二年）

愈二十五歲，登進士第，復應吏部博學宏詞試，報罷。

九年癸酉（西元七九三年）

愈二十六歲，應吏部博學宏詞試，報罷，有應科目時與人書。

十年甲戌（西元七九四年）

愈二十七歲，應吏部博學宏詞試，報罷。

十一年乙亥（西元七九五年）

愈二十八歲，至河陽省墳墓，值嫂鄭氏卒，期服以報，有畫記、送董邵南序、祭鄭夫人文。

十二年丙子（西元七九六年）

愈二十九歲，宣武節度使董晉，辟之以行。

十三年丁丑（西元七九七年）

愈三十歲，在汴佐軍。

十四年戊寅（西元七九八年）

愈三十一歲，在汴佐軍，補觀察推官。

十五年己卯（西元七九九年）

愈三十二歲，二月，董晉薨，公從喪而出，往依徐州節度使張建封，有上張建封書。

十六年庚辰（西元八〇〇年）

愈三十三歲，春，張建封薨，冬，如京師。

十七年辛巳（西元八〇一年）

愈三十四歲，在京無所成，歸，冬，挈眷入京師，有答李翊書、送孟東野序。

十八年壬午（西元八〇二年）

愈三十五歲，調國子監四門博士。

十九年癸未（西元八〇三年）

愈三十六歲，遷監察御史，十二月，因天旱人饑，請緩徵，忤京兆尹李實，貶陽山令，有與于襄陽書、送浮屠文暢師序、祭十二郎文。

二十年甲申（西元八〇四年）

愈三十七歲，守陽山，有送區册序、答竇秀才書。

順宗永貞元年乙酉（西元八〇五年）

愈三十八歲，以恩赦召回，改江陵府法曹參軍，有送廖道士序。

憲宗元和元年丙戌（西元八〇六年）

愈三十九歲，六月，召為國子博士。

二年丁亥（西元八〇七年）

愈四十歲，分敎東都生，有原毀、張中丞傳後敍。

三年戊子（西元八〇八年）

愈四十一歲，守博士在東都。

四年己丑（西元八〇九年）

愈四十二歲，改都官員外郎，守東都省。

五年庚寅（西元八一〇年）

愈四十三歲，為河南縣令，有送石處士序、送溫處士序。

六年辛卯（西元八一一年）

愈四十四歲，遷職方員外郎，復為博士，有進學解。

七年壬辰（西元八一二年）

愈四十五歲，改比部郎中，尋兼史館修撰。

八年癸巳（西元八一三年）

愈四十六歲，轉考功郎中，仍兼史館修撰，尋知制誥，有藍田縣丞廳壁記。

九年甲午（西元八一四年）

愈四十七歲，守考功郎中，有試大理評事王君墓誌銘。

十年乙未（西元八一五年）

愈四十八歲，正月，轉中書舍人，五月，改太子右庶子。

十一年丙申（西元八一六年）

愈四十九歲，為太子右庶子，有送李愿歸盤谷序。

十二年丁酉（西元八一七年）

愈五十歲，七月，授彰義軍行軍司馬，兼御史中丞，從裴度征淮西。

十三年戊戌（西元八一八年）

愈五十一歲，遷刑部侍郎，有平淮西碑。

十四年己亥（西元八一九年）

愈五十二歲，春，以諫迎佛骨，貶潮州刺史，冬，移刺袁州，有論佛骨表、鱷魚文、潮州祭神文、潮州刺史謝上表。

十五年庚子（西元八二〇年）

愈五十三歲，守袁州，九月，召拜國子祭酒，有新修滕王閣記。

穆宗長慶元年辛丑（西元八二一年）

愈五十四歲，遷兵部侍郎，有答呂毉山人書、送楊少尹序。

二年壬寅（西元八二二年）

愈五十五歲，二月，奉使宣慰鎮州，秋，遷吏部侍郎，有柳州羅池廟碑。

三年癸卯（西元八二三年）

愈五十六歲，六月，為京兆尹，兼御史大夫，冬，復為兵部侍郎，又遷吏部侍郎，有殿中少監馬君墓誌銘。

四年甲辰（西元八二四年）

愈五十七歲，八月，以疾免官，十二月丙子，薨於靖安里第，天子贈禮部尚書，諡曰文

敬宗寶曆元年乙巳（西元八二五年）

三月，葬河陽先塋，皇甫湜為之誌墓，壻李漢輯詩文為四十卷。

宋神宗元豐七年（西元一〇八四年）

詔封愈為昌黎伯，從祀孔子廟庭。

昌黎先生集序

李　漢

文者，貫道之器也，不深於斯道，有至焉者不也，易繇爻象，春秋書事，詩詠歌，書禮剔其偽，皆深矣乎，秦漢已前，其氣渾然，迨乎司馬遷、相如、董生、揚雄、劉向之徒，尤所謂傑然者也，至後漢曹魏，氣象萎爾，司馬氏已來，規範蕩悉，謂易已下為古文，剽掠潛竊為工耳，文與道蓁塞，固然莫知也。

先生生於大曆戊申，幼孤，隨兄播遷韶嶺，兄卒，鞠於嫂氏，辛勤來歸，自知讀書為文，日記數千百言，比壯，經書通念曉析，酷排釋氏，諸史百子，皆搜抉無隱，汗瀾卓踔，奫泫澄深，詭然而蛟龍翔，蔚然而虎鳳躍，鏘然而韶鈞鳴，日光玉潔，周情孔思，千態萬貌，卒澤於道德仁義炳如也，洞視萬古，愍惻當世，遂大拯頹風，教人自為，時人始而驚，中而笑且排，先生益堅，終而翕然隨以定，嗚呼，先生於文，摧陷廓清之功，比於武事，可謂雄偉不常者矣。

長慶四年冬，先生歿，門人隴西李漢，辱知最厚且親，遂收拾遺文，無所失墜，得賦四，古詩二百一十，聯句十一，律詩一百六十，雜著六十五，書啓序九十六，哀詞祭文三十九，碑誌七十六，筆硯鱷魚文三，表狀五十二，總七百，幷目錄，合為四十一卷，目為昌黎先生集，傳於代，又有注論語十卷，傳學者，順宗實錄五卷，列於史書，不在集中，先生諱愈，字退之，官至吏部侍郎，餘在國史本傳。

文錄序

趙德

昌黎公，聖人之徒歟，其文高出，與古之遺文，不相上下，所履之道，則堯舜禹湯文武周孔孟軻揚雄所授受服行之實也，固已不雜其傳，由佛及聃莊楊之言，不得干其思，入其文也，以是光於今，大於後，金石礁鑠，斯文燦然，德行道學文，庶幾乎古，篷茨中手持目覽，飢食渴飲，沛然滿飽，顧非適諸聖賢之域而謬志於斯，將所以盜其影響，僻處無備，得以所遇，次之為卷，私曰文錄，實以師氏為請益依歸之所云。

韓文綜評

蘇洵上歐陽書云：

孟子之文，語約而意深，不為巉刻斬絕之言，而其鋒不可犯，韓子之文，如長江大河，渾浩流轉，魚黿蛟龍，萬怪遑惑，而抑絕蔽掩，不使自露，而人望見其淵然之光，蒼然之色，亦自畏避，不敢迫視。

黃庭堅與王觀復書云：

杜子美到夔州後詩，韓退之自潮州還朝後文章，皆不煩繩削，而自合矣。

蘇軾韓文公廟碑云：

自東漢以來，道喪文敝，異端並起，歷唐貞觀開元之盛，輔以房杜姚宋而不能救，獨韓文公起布衣談笑而麾之，天下靡然從公，復歸於正，蓋三百年於此矣。文起八代之衰，而道濟天下之溺，此豈非參天地關盛衰，浩然而獨存者乎！

程端禮讀書分年日程云：

讀韓文，日熟讀一篇或兩篇，亦須百遍成誦，緣一生靠此為作文骨子故也。既讀之後，須反覆詳看，每篇先看主意，以識一篇之綱領，次看其敍述抑揚輕重，運意轉換，演證開闔，關鍵首腹，結束詳略，深淺次序，既於大段中看篇法，又於大段中分小段看章法，又於章法中看句法，句法中看字法，則作者之心，不能逃矣。

曾國藩家訓云：

李杜韓蘇之詩，韓歐曾王之文，非高聲朗誦，則不能得其雄偉之概，非密咏恬吟，則不能探其深遠之韻。

林紓韓文研究法云：

韓氏之文，不佞讀之，二十有五年。初誦李漢之言，謂公之于文，「摧陷廓清之功，比于武事，可謂雄偉不常者矣」。心疑其說之過，既而泛濫于雜家，不惟于義法有所未嫺，而且韓文之所不屑者，則煩絮而道之；韓文之所致意者，則簡略而過之。有時故作興會，而韓之布陣不如是也；有時謬為拗曲，而韓之結構不如是也。實則韓氏之能，能詳人之所略，又略人之所詳。常人恒設之籬樊，學韓則障礙為之空，常人流滑之口吻，學韓則結習為之除，漢所謂摧陷廓清者，或在是也。

蘇明允稱韓文能抑絕蔽掩，不使自露，不佞久乃覺之。蔽掩昌黎之長技也。不善學者，往往因蔽而晦，累掩而澀。此蔽不惟樊宗師，卽皇甫持正亦恒蹈之。所難者，能於蔽掩中，有淵然之光，蒼然之色，所以成為昌黎耳。雖然，明允能識昌黎為蔽掩，而明允之文固非蔽掩者也。吾思昌黎下筆之先，必唾棄無數不應言與言之似是而非者，則神志已空定如山嶽。然後隨其所出，移步換形。只在此山之中，而幽窈曲折，使入者迷惘。而按之實理，又在在具有主腦，用正眼藏，施其神通以怖人，人又安從識者。

淮海文字，亦饒有風概，顧終不能成為大家。其論韓文，謂能鉤莊列，挾蘇張，摭遷固，獵屈宋，折之以孔氏。其論去李漢遠矣。韓文之摭遷固，容或有之，至鉤莊列，挾蘇張，可決其必無。昌黎學術極正，闢老矣，胡至乎鉤莊列。且方以正道匡俗，又焉肯拾蘇張之餘唾。淮海見其離奇變化，謬指為莊列，縱橫引伸，謬指為蘇張。詎知昌黎信道篤，讀書多，析理精，行之以海涵地負之才，施之以英華穠郁之色，運之以神樞鬼藏之秘。淮海目為所眩，妄引諸人以實之，又烏知昌黎哉！

與書一體，漢人多求詳盡。如司馬遷之報任少卿，李陵之答蘇武，是也。六朝人，則簡貴，不多説話。前清考訂家，則務極穿穴，幾于生平所知所能，盡于書中發洩。亦由與書體竟，匪不消納，儘可惟意所嚮。獨昌黎與人書，則因人而變其詞：有陳乞者，有抒憤罵世而吞咽者，有自明氣節者，有講道論德者，有解釋文字為人導師者。一篇之成，必有一篇之結搆，未嘗有信手揮灑之文字。熟讀不已，可悟無數法門。

愚嘗謂驗人文字之有意境與機軸，當先讀其贈送序。序不是論，却句句是論。不惟造句宜斂，卽製局亦宜變。贈送序，是昌黎絕技。歐王二家，王得其骨，歐得其神。歸震川亦可謂能變化矣，然安能如昌黎之飛行絕迹邪。

昌黎集中銘誌最多，而贈送序次之，無篇不道及身世之感。

昌黎集中，墓銘最多。銘詞之古蹇，後人學之輒躓。蓋無其骨力華色，追逐而摹仿之，不惟音吐不類，亦不能遽蹴而止。故永叔銘詞，寧以溫純之詞行之，未敢一語襲昌黎者，是永叔長處。

錢基博韓愈志韓集籀讀錄云：

韓愈自言：「約六經之旨而成文。」皇甫湜為愈墓誌，亦云：「扶經之心，執聖之權，尚友作政，邪觝異端，以扶孔子，存皇之極。」要之游文六藝，留意仁義，蓋儒家之支與流裔云。

唐文承漢魏六朝之敝，鋪文摛采，拘於偶對；其文內竭而外侈，拘文以牽義。而韓愈易之以閎中肆外，跌宕昭彰，於當時實為文體之大解放；而古文之稱，則以其厭當日駢儷之時文，而欲返之於六經兩漢，從而名焉耳。

韓愈答李翊書，自稱：「非三代兩漢之書不敢觀。」舊唐書韓愈傳：「經誥之指歸，遷雄之氣格。」二語推愈之意以為言，指歸本之六經，氣格融蛻兩漢；而所謂「遷雄之氣格」者，蓋遷之氣，雄之格也；逸氣浩致出司馬遷，奇字瑰句效揚子雲，而貫之以孟軻之理。游文六藝，留意仁義，揚子雲有孟之理，而無遷之氣。柳宗元答韋衍書，以為：「雄文遣言措意，頗短局滯澀，不若退之猖狂恣睢，肆意有所作。」正以有奇字瑰句，而欠逸氣浩致也。

南北朝之末，文勝**之極**，窮則反本。宇文代周，創業於泰，頗欲有革於浮華；於是蘇綽倡言古文，務存質樸，憲章虞夏，作為大誥；蓋「經誥之氣格」也。而韓愈之於經誥，只是約其指歸，而不襲其氣格，所以倡古文與蘇綽同，而言氣格與蘇綽異也。然韓愈亦有襲經誥之氣格者，其元和聖德詩、平淮西碑諸篇乎！

韓愈之文，李翺得其筆，皇甫湜得其辭，皆於氣上欠工夫；歐陽修得其韻，蘇氏父子洵、軾、轍得其氣，又於辭上欠工夫；韓愈所以為不可及。

韓愈書體，博辯明快，蓋得孟子之筆；而沈鬱頓挫，則又得太史公之神。其中答李翊書、答劉正夫書、答尉遲生書、與馮宿論文書，皆韓愈所以自道文章功力及意趣；而答李翊書，尤自道盡一生功力所在。姚姬傳謂：「此文學莊子。」而張濂卿則曰：「退之自道所得；學莊子而得其沈著精刻，惟退之此書而已。」其實莊子為文，理儘精刻，語為華妙；所謂「荒唐之言，無端厓之辭」，迷離惝怳。自古文章精刻而沈著者，惟孟子為然；而愈此書，只是以孟子排宕開闔之筆，發孟子知言養氣之旨，意自精刻，而氣極渾灝，恰到熟極而流之境，而機不入於快利，詞必求其溫潤；所謂「迎而距之，平心而察之，其皆醇也，然後肆焉」也。

戰國策士之遊說，其用意頗能預立地步；韓愈書亦然。觀上留守鄭相公啓、上張僕射書、與于襄陽書、應科目時與人書、答呂盟山人書，未為人占地步，先自己站地步，高睨大談，不免矜心作意，而自兀岸可喜。至上李尚書書、上襄陽于相公書，抬得人家身分太高，便自己地位稱不過，文儘岸異，而氣未振絕。上兵部李侍郎書、三上宰相書、與陳給事書，並不為自己留地步，徒為伈伈俔俔，低首乞憐。惟三上宰相書之氣肆，肆則猖狂恣睢之中，不免聲竭氣肆；上兵部李侍郎、與陳給事兩書之辭婉，婉則文明從容之辭，益見辭卑氣靡；幾乎無適而可，此遣言措意之所以貴能預立地步也。閱昌黎集卷十九之二十一，送人序。其中有端凝簡峭而如史筆者，如送幽州李端公序、送殷員外序，送石處士序、送溫處士赴河陽軍序、送鄭尚書序、送水陸轉運使韓侍御歸所治序，是也。有婀娜搖曳以為多姿者，如送許郢州序、送李愿歸盤谷序、送董邵南序、贈崔復州序、送王秀才含序、送楊少尹序，是也。大抵端凝簡峭，斯見勁；王安石以之。婀娜搖曳，則餘妍；歐陽修以之。

正編

原道①

博愛之謂仁，行而宜之之謂義，由是而之焉之謂道，足乎己無待於外之謂德；仁與義爲定名，道與德爲虛位，故道有君子小人，而德有凶有吉。②老子之小仁義，③非毀之也，其見者小也，坐井而觀天，曰「天小」者，非天小也，彼以煦煦爲仁，孑孑爲義，其小之也則宜。其所謂道，道其所道，非吾所謂道也，其所謂德，德其所德，非吾所謂德也；凡吾所謂道德云者，合仁與義言之也，天下之公言也，老子之所謂道德云者，去仁與義言之也，一人之私言也。周道衰，孔子沒，火於秦，黃老於漢，佛於晉魏梁隋之閒，其言道德仁義者，不入於楊，則入於墨，不入於老，則入於佛。入於彼，必出於此，入者主之，出者奴之，入者附之，出者汙之，噫！後之人其欲聞仁義道德之說，孰從而聽之！老者曰：「孔子，吾師之弟子也。」佛者曰：「孔子，吾師之弟子也。」爲孔子者，習聞其說，樂其誕而自小也，亦曰

：「吾師亦嘗云爾。」④不惟舉之於其口，而又筆之於其書，噫！後之人雖欲聞仁義道德之說，其孰從而求之！甚矣，人之好怪也！不求其端，不訊其末，惟怪之欲聞。

古之爲民者四，今之爲民者六，⑤古之教者處其一，今之教者處其三，⑥農之家一，而食粟之家六，工之家一，而用器之家六，賈之家一，而資焉之家六，奈之何民不窮且盜也！古之時，人之害多矣，有聖人者立，然後教之以相生養之道，爲之君，爲之師，驅其蟲蛇禽獸而處之中土，寒，然后爲之衣，飢，然后爲之食，木處而顚，土處而病也，然后爲之宮室，爲之工以贍其器用，爲之賈以通其有無，爲之醫藥以濟其夭死，爲之葬埋祭祀，以長其恩愛，爲之禮，以次其先後，爲之樂，以宣其壹鬱，爲之政，以率其怠倦，爲之刑，以鋤其强梗，相欺也，爲之符璽斗斛權衡以信之，相奪也，爲之城郭甲兵以守之，害至而爲之備，患生而爲之防；今其言曰：「聖人不死，大盜不止，剖斗折衡，而民不爭。」⑦嗚呼！其亦不思而已矣！如古之無聖人，人之類滅久矣，何也？無羽毛鱗介以居寒熱也，無爪牙以爭食也，是故君者，出令者也，臣者，行君之令而致之民者也，民者，出粟米麻絲作器皿通貨財以事其上者也，君不出令，則失其所以爲君，臣不行君之令而致之民，民不出粟米麻絲作器皿通貨財以事其上，則誅；今其法曰：「必棄而君臣，去而父子，禁而相生養之道，以求其所謂清淨寂滅者。」⑧嗚呼！其亦幸而出於三代之後，不見黜於禹湯文武周公孔子也！其亦不幸而不出於三代之前，不見正於禹湯文武周公孔子也！

帝之與王，其號名殊，其所以爲聖一也，夏葛而冬裘，渴飲而飢食，其事殊，其所以爲智一也；今其言曰：「曷不爲太古之無事？」是亦責冬之裘者曰：曷不爲葛之之易也，責飢之食者曰：曷不爲飲之之易也。傳曰：「古之欲明明德於天下者，先治其國，欲治其國者，先齊其家，欲齊其家者，先修其身，欲修其身者，先正其心，欲正其心者，先誠其意。」⑨然則古之所謂正心而誠意者，將以有爲也；今也欲治其心，而外天下國家，滅其天常，子焉而不父其父，臣焉而不君其君，民焉而不事其事。孔子之作春秋也，諸侯用夷禮，則夷之，進於中國，則中國之，經曰：「夷狄之有君，不如諸夏之亡。」⑩詩曰：「戎狄是膺，荆舒是懲。」⑪今也舉夷狄之法，而加之先王之教之上，幾何其不胥而爲夷也！

夫所謂先王之教者何也？博愛之謂仁，行而宜之之謂義，由是而之焉之謂道，足乎己無待於外之謂德，其文詩、書、易、春秋，其法禮樂刑政，其民士農工賈，其位君臣父子師友賓主昆弟夫婦，其服麻絲，其居宮室，其食粟米果蔬魚肉：其爲道易明，而其爲教易行也。是故以之爲己，則順而祥，以之爲人，則愛而公，以之爲心，則和而平，以之爲天下國家，無所處而不當，是故生則得其情，死則盡其常，郊焉而天神假，廟焉而人鬼饗⑫曰：斯道也，何道也？曰：斯吾所謂道也，非向所謂老與佛之道也，堯以是傳之舜，舜以是傳之禹，禹以是傳之湯，湯以是傳之文武周公，文武周公傳之孔子，孔子傳之孟軻，軻之死，不得其傳焉，荀與揚也，⑬擇焉不精，語焉而不詳，由周公而上，上而爲君，故其事行，由周公而下，下而爲臣，故其說長。⑭然則如之何而可也？曰：不塞不流，不止不行，⑮人其人，火其書，廬其居，⑯明先王之道以道之，⑰鰥寡孤獨癈疾者有養也，其亦庶乎其可也。

注釋

①原，本也，淮南子以原道為首篇。

②左傳文公十八年：「孝敬忠信為吉德，盜賊藏姦為凶德。」

③老子：「大道廢，有仁義。」又：「失道而後德，失德而後仁，失仁而後義。」

④嘗下或有「師之」二字。

⑤四民，謂士農工商，六民，加佛老為六也。

⑥古之教者，聖人之教而已，故謂一，加佛老為三也。

⑦語見莊子胠篋篇。
⑧維摩詰經佛國品：「悉已清靜，永離蓋纏。」妙法蓮華經序品：「或有菩薩說寂滅法。」
⑨語見大學首章。
⑩語見論語八佾篇。
⑪語見詩魯頌閟宮。
⑫周禮春官大宗伯：「祀天神，祭地示，饗人鬼。」假，至也，人鬼，祖宗也。
⑬指荀卿與楊雄。
⑭行，得位以行道也。長，立言以明道也。
⑮言佛老之道，不塞不止，則聖人之敎，不流不行也。
⑯人其人，令僧道還俗也。廬其居，令寺觀改為民屋也。
⑰下道字，同導。

析評

石守道云：

孔子之易春秋，自聖人以來未有也，韓吏部原道等篇，自諸子以來未有也。

程頤云：

退之晚年為文，所得處甚多，學本是修德，有德然後有言，退之因學文，日求其所未至，遂有所得。

敖清江云：

昌黎原道一篇，中間以數個古字今字，一正一反，錯綜震盪，翻出許多議論波瀾，其學力筆力，足以凌厲千古，而莫之與京。

顧迴瀾云：

退之一生闢佛老，在此篇，然到底是語得老子而巳，一字不入佛氏域，蓋退之元不知佛氏之學，故佛骨表亦只以福田上立說。

林次崖云：

此篇推明仁義道德之說，歷敍帝王左右生民之法，終之古聖賢相傳之統，其闢佛老，與孟子距楊墨同功，其言模倣中庸首章，孟子卒章，乃垂世立敎之文，庶幾續貂四子，非特以文論也。

茅坤云：

闢佛老，是退之一生命脈，故此篇是退之集中一生命根，其文源遠流洪，最難鑒定，兼之筆下變化詭譎，足以眩人，若一下打破，分明如時論中一冒一承，六腹一尾。

錢豐寰云：

原道一篇，立言正大，發先儒所未發，唐書稱，其奥衍閎深，與孟軻楊雄相表裏，而左右六經，知言哉，乃宋儒輩，多為指摘，何歟？余竊謂韓公崛起六經殘缺之後，奮然獨悟，一歸于正，此其事尤難，而功甚大，不當訾之深也，至其為文，神詭萬狀，出有入無，震蕩天地，則自孔孟後，稱大文章矣。

歸有光云：

原道一篇，立言正大，發先儒所未發，唐書稱其奥衍閎深，與孟軻揚雄相表裏，而佐佑六經，知言哉，至其文，神鬼萬狀，出有入無，震盪天地，則孔孟後大文章矣。

李光地云：

韓子以博愛言仁，程子非之，謂舉用遺體也，愚謂當合原性考之，則知其言之精當，不特無可議而已，性者體也，道者用也，原性言所以為性者五，曰仁曰禮曰義曰智曰信，而七情在其外，此韓子所以言性也，愛列於情，博愛為仁，以情言也，有情而後有道，中庸曰，喜怒哀樂發而中節謂和，和也者，天下之達道也，韓子繼性而原道則言仁義者，舍愛宜而何以，故曰性者與生俱生者也，情者感於物而生者也，感物中節，是謂率性之道，博愛也行而宜也，皆仁義之發，性之用也，是以繼之曰，由是而之焉之謂道，道之名實固如此，今次韓書者，先道於性，故其章首仁義之云，如無所根本者，苟先讀原性，以觀原道，則可疑者釋然矣，其篇次應更定，以合中庸語道之序。

蔡世遠云：

其文辭則似賈長沙治安策，而更出之以變化，其論學術，則如董江都賢良策，而更寫之以明暢，三代以下，能有幾篇文字。

儲欣云：

天具二曜五星，三垣四宿，及衆星之繁然者，太史公天官一書，綜而舉之，地具高山大川，州域土壤，與其生植之物，禹貢一書，綜而舉之，人具帝王師相，周公孔子，所生養經訓之理，原道一書，綜而舉之，詞少義該，蓋三才之檃括。

沈德潛云：

吾道別於異教，在有為無為，以有為為教，合仁義而言道者也，無為為教，去仁義而言道者也，先言老，次言佛，或兼言老佛之害，或分言老佛之害，見俱屬怪誕不經，為生民蠹，而堯舜禹湯文武周孔，相傳之道，教以相生相養，而除民之害者，誠自易明易行，而斯須不能離者也，本布帛菽粟之理，發日月星嶽之文，振筆直書，忽擒忽縱，董之醇粹，運以賈之雄奇，為孟子七篇後第一篇大文。

林有席云：

明仁義，辨佛老，是韓子原道大旨，程子非其以博愛言仁，舉用遺體，夫性為體而道為用，原性已言，所以為性者五，而七情在其外，愛列七情，博愛以情言也，有情而後有道，故繼性而原道，則曰博愛曰行而宜，皆仁義之性發於用者也，曰由是而之焉之謂道，道之名實如此，似非舉用遺體，楊龜山又非仁義為定名二句，朱子謂仁義不足以盡道，游楊之見，大率如此，按五常四德之中，惟仁義為尤重，大傳直舉以配陰陽柔剛，故曰仁與義為定名，道以君子小人言，德以有吉有凶言，通上下說去，渾同泛指，故曰道與德為虛位，語亦無弊，其引大學止於誠意，蓋言誠者聖人之本，明者誠之端，異端不明理，而自謂誠，故舉大學正心誠意以折之，李文貞以為正見，其識大學之道，非引經不完也。

劉大槐云：

老蘇稱公文如長江大河，渾灝流轉，魚黿蛟龍，萬怪惶惑，惟此文足當之。

張伯行云：

朱子云：「仁者，天地生物之心；而人得以生者，所謂元者善之長也。」又云：「仁者本心之全德」又云：「義者心之制、事之宜也。」是仁之為仁，兼四德，統萬善，雖主於愛，而愛不足以盡仁。況立愛之中，亦有差等，若以博愛謂仁，恐鄰於兼愛之說，而學者亦無隨分自盡之功。義之合宜，雖見乎外；而義之裁制，實由於中，單以行之宜言義，則遺卻心之制一邊，恐混於義外之說，立言不能無弊。但其辯道統之真傳，闢邪說之悖謬，議論煞有關係，不獨文起八代之衰已也。按真西山文章正宗載程正公曰：「退之晚年為文，所得處甚多，學本是修德，有德然後有言，退之因學文，日求其所未至，遂有所得。如云：軻死不得其傳。似此言語非蹈襲前人，非鑿空撰出，必有所見，若無所得，不知言所傳者何事。」又曰：「韓愈亦近世豪傑之士，如原道中，語言雖有病，然自孟子以後，能將許大見識尋求者，才見此人。」又曰：「孟子而後，卻只有原道一篇，大意儘近理。」又曰：「原道云：孟子醇乎醇。又曰：荀揚擇不精、語不詳。若不是他見得，豈千餘年後，便能斷得如此分明也！」又曰：「韓文不可漫觀，晚年所見尤高。」朱文公曰：「自古罕有人說得端的，惟退之原道庶幾之。或問揚子韓子優劣。曰：各有長處，韓公見得大意已分明，如原道不易得也；楊子之學似本於老氏，如清淨淵默之語，皆是韓公綱領正，卻無近他老氏底說話。」又曰：「原道中說得仁義道德極好，問定名虛位之說如何？曰：後人多譏議之，某謂如此亦無害，蓋此仁也此義也便是定名。此仁之道仁之德，義之道義之德，則道德乃總名乃虛位也。且須知他此語為老子說，老氏謂失道而後德，失德而後仁，失仁而後義，失義而後禮。所以原道云：吾之所謂道德，合仁與義言之也。」須知此意，方看得出程朱二先生，有取於原道者如此。惟發端二語，則程子嘗曰：「仁是性，愛是情。」豈可專以愛為仁？退之言博愛之為仁，非也。仁者固博愛，然便以愛為仁則不可，而朱子亦曰韓愈云云，是指情為性。又曰：「仁義皆當以體言，若曰博愛，曰行而宜之，則皆用矣！」又曰：「博愛為仁，則未博愛之前，將非仁乎？問由是而之焉之謂道，曰：此是說行底，非是說道體。問足乎己無待於外之謂德，曰：此是說行道有得於身者，非是說自然得之於天者也。」學者即二先生之說而參玩之，則此篇大旨，瞭然於胸中矣！

林雲銘云：

前人謂此篇，止闢得老子，其闢佛略帶寂寞兩字。若孔子作春秋一段，以佛非出中土，尤無關于佛之痛癢，然所云棄君臣，去父子，禁相生養之道，在佛為甚，未始非闢佛也。大意謂吾儒仁義道德之說，本自了解，雖有老子之小仁義，不過一人私言，豈能勝天下公言哉！迨孔子歿，秦火之後，吾道不明於世，因而老倡於先，佛乘於後，時人既多棄儒以從老、佛，復附老、佛以為儒，有志者無從聞仁義道德之說，誠可歎也。夫老、佛怪誕不經，世人昧其始末而好之，使其徒坐享衣食以困平民，勢所必至，抑知老佛亦人耳。自生民以來，古聖人教以相生養之道，而除其善，其制作至詳且盡，豈好勞乎？乃老氏敢為聖人不死等語，獨不思人類衣食以生。上古臻胚之世，人與禽獸無殊，又無禽獸爭得衣食之材，苟非聖人以君臣民之分義相維繫，如何至今留得人種！今欲棄君臣父子，禁相生養之道，不至人類盡滅不止，誠禹湯文武周孔罪人也，其法寧足尚乎？倘尚其法，則從無事，舍有為，在老似冬葛而餓飲，在佛為下喬而入幽，求其端訊其末，皆不可訓。如此，若吾儒仁義道德之說，易明易行，毫無怪誕，而為己為人，由生至死，鮮有不善。自堯舜傳至孔孟，以治以教皆是物也。然非除去老佛，何以為明道行道計哉！篇中一滾說來，讀者眩其重複，蓋因將篇首辯道三段，俱作闢老佛看耳。

吳楚材吳調侯云：

孔孟歿，大道廢，異端熾，千有餘年，而後得原道之書，辭而闢之，理則布帛菽粟，氣則山走海飛，發先儒所未發，為後學之階梯，是大有功名教之文。

林　紓云：

讀昌黎五原篇，語至平易，然而能必傳者，有見道之能，復能以文述其所能者也。宋之道學家，如程朱至矣，問有論道之文，習誦于學者之口者耶，亦以質過于文。深于文者，遂不目之以文，但目之以道，道可喻于心，不能常宣之于口，故無傳耳。昌黎於原道一篇，疏瀹如導壅，發明如燭闇，理足于中，造語復衷之法律，俾學者循其塗軌而進，卽可因文以見道。黃山谷曰：「文章必謹布置，每見後學，多告以原道命意曲折。後以此槩求古人法度，如老杜贈韋見素詩，布置最得正體，如官府甲第，廳堂房室，各有定處，不可亂也。」須知文之不亂，恃其有法，始不亂也。昌黎生平好弄神通，獨于五原篇，沈實樸老，使學者有塗軌可尋。故原道一篇，反覆伸明，必大暢其所蓄而後止。

馬其昶云：

唐時崇尚老子，別有佛說，流入中國，去人倫，無職業，昌黎尤惡之，著原道之篇，以謂佛原於老，求其端，訊其末，然後知聖人之道為常道，彼佛老則怪而已矣，篇中論聖道，論佛老，皆求端訊末之事，所謂原也，故前三節皆由老以遞入於佛。

吳闓生云：

凡為文之道，莊言正論，難於出色爭勝，獨退之此文為例外，由其盛氣驅邁，磅礴而不可禦也。

錢基博云：

原道之作，不始韓愈；淮南鴻烈解、劉勰文心雕龍，皆以原道弁其書；而與愈同題而異趣。蓋韓愈原道於仁義，（博愛之謂仁，行而宜之之謂義，由是而之焉之謂道。）二劉原道於自然；韓愈將以有為，二劉任性自然；此其較也。惟勰與安，則又同趣而異為。蓋安以周、秦政敗於多制，而民憔焉不樂其生，故著原道以明無為之治。勰覩齊、梁文競於雕華，而義牽焉以匿其旨，故標自然以救文勝之弊；義各有當，而指歸於一。韓愈原道，理膌而文則豪。王陽明言：「原道一篇，中間以數個古字今字，一正一反，錯綜震蕩，翻出許多議論波瀾，其議論筆力，足以陵厲千古。」其實只以孟子之排調，而運論語之偶句，奥舒宏深，氣機鼓盪。而劉海峯謂：「老蘇稱：韓文如長江大河，渾灝流轉，魚黿蛟龍，萬怪惶惑！惟此文足以當之。」其實轉換無迹，只是以提折作推勘，看似横轉突接，其實文從字順。亦正無他謬巧，只是文入妙來無過熟，自然意到筆隨，行乎所不得不行，止乎所不得不止。

莊適臧勵龢云：

原道以道字作主，反覆申明，暢其所蓄纔止；篇中以孟軻距楊墨為説，隱然以孟子自比，又説軻之後失其傳，隱然以道統自承。

今案：原道之作，議論深閎，氣勢雄偉，造語有力，音調鏗鏘，而拒斥佛老，闡揚儒教，不僅揭示道統之傳，且於宋代理學，尤多開創啓發處，誠唐宋之間，承先啓後之大手筆大文字也，其有功於學術之發展與夫儒學之振興者，豈淺鮮哉。

原毀

古之君子，其責己也重以周，其待人也輕以約；重以周，故不怠，輕以約，故人樂爲善。聞古之人有舜者，其爲人也，仁義人也；求其所以爲舜者，責於己曰：「彼人也，予人也，彼能是，而我乃不能是！」①早夜以思，去其不如舜者，就其如舜者。聞古之人有周公者，其爲人也，多才藝人也；②求其所以爲周公者，責於己曰：「彼人也，予人也，彼能是，而我乃不能是！」早夜以思，去其不如周公者，就其如周公者。舜，大聖人也，後世無及焉，周公、大聖人也，後世無及焉，是人也，乃曰不如舜，不如周公，吾之病也，是不亦責於身者重以周乎！其於人也，曰，彼人也，能有是，是足爲良人矣，能善是，是足爲藝人矣，取其一，不責其二，③即其新，不究其舊，④恐恐然惟懼其人之不得爲善之利；一善易修也，一藝易能也，其於人也，乃曰能有是，是亦足矣，曰能善是，是亦足矣；不亦待於人者輕以約乎！今之君子則不然，其責人也詳，其待己也廉；⑤詳，故人難於爲善，廉，故自取也少。己未有善，曰：「我善是，是亦足矣。」己未有能，曰：「我能是，是亦足矣。」外以欺於人，內以欺於心，未少有得而止矣，不亦待其身者已廉乎！其於人也，曰，彼雖能是，其人不足稱也，彼雖善是，其用不足稱也，舉其一，不計其十，⑥究其舊，不圖其新，恐恐然惟懼其人之有聞也；是不亦責於人者已詳乎！夫是之謂不以衆人待其身，而以聖人望於人，吾未見其尊己也！

雖然，爲是者，有本有原，怠與忌之謂也；怠者不能修，而忌者畏人修。吾常試之矣，嘗試語於衆曰：「某良士，某良士。」其應者，必其人之與也，⑦不然，則其所疎遠不與同其利者也，不然，則其畏也；不若是，强者必怒於言，懦者必怒於色矣。又嘗語於衆曰：「某非良士，某非良士。」其不應者，必其人之與也，不然，則其所疎遠不與同其利者也，不然，則其畏也；不若是，强者必說於言，懦者必說於色矣。是故事修而謗興，德高而毀來。嗚呼！士之處此世而望名譽之光，道德之行，難已！

將有作於上者，得吾說而存之，其國家可幾而理歟。

注　釋

①孟子滕文公：「顏淵曰，舜何人也，予何人也，有為者亦若是。」

②尚書金滕記周公曰：「予仁若考，能多才多藝，能事鬼神。」

③藝人，才藝之人。取一，不責二，不求備之意。

④新舊，指新善舊惡。

⑤説文：「廉，仄也。」與廣義相對。

⑥一十，指一惡十善。

⑦應，贊同。與，黨與。

析評

謝疊山云：

此篇巧處妙處，在假托他人之言辭，模寫世俗之情狀，熟于此，必能作論。

錢湖東云：

只是一正一反，雙關文字，與上宰相第二書略相似。

顧廻瀾云：

此文下字，皆有法度，重周輕約，詳廉怠忌，此八字，乃字母，一篇議論，皆從此八字衍出，此格最奇，末只以一忌字，原出毀者之情，見毀言之不足信。

茅　坤云：

此篇八大比，秦漢來固無此調，昌黎創之，然感慨古今之間，因而摹寫人情，曲鬯骨裡，文之至者。

張伯行云：

人心不古，責己薄，責人厚，侈己之長，掩人之善，往往然矣。昌黎此篇，深有慨乎其言之也，然士君子求其在我而已，豈以悠悠之口為榮辱哉！

儲　欣云：

長排亦唐人常調，謂公刱者非也，公特氣體高出耳，五原當以此為殿，但清快利舉業，吾嘗試之以下，最刻畫玲瓏。

方　苞云：

管子荀子韓非子之文，排比而益古，惟退之能與抗行，自宋以後，有對語，則酷似時文，以其所師法，至漢唐而止也。

沈德潛云：

此即後代排偶排比之祖也，於韓文中為降格，而賓主開合，荊川得之，已足雄視一代矣！

張裕釗云：

退之此文最古，玩其氣格，直是周人文字。

吳汝綸云：

此篇動中自然，與道大適，不善學之，則氣易入於剽輕。

吳楚材吳調侯云：

全用重周輕約詳廉怠忌八字立說。然其中只以一忌字原出毀者之情，局法亦奇，若他人作此，則不免露爪張牙，多作雞憤語矣。

林雲銘云：

從來毀人者之心，無非為尊己計，看來恕己責人，道德日流汚下，何曾討得一點便宜去邪！篇中結出怠忌兩字，可謂推見至隱。末寫出人情惡薄，曲盡其態，以公平日動而得謗，故有是作也。余行天下幾遍，每見有文藝者，必有人訾其素行；見有篤厚者，必有人訐其陰私。及文行皆無可議，亦必有人嗤其先世惡跡，斷不許世界中有一全人。余因以察其毀人之人，必其文藝不通者也，必其行檢多虧者也，必其陰私不可告人者也，必其先世積惡在人耳目者也。以彼之言，定彼之人，百不失一。讀結語三句，不但欲君相得聽言之法，倂為君相定觀人之法也。故曰：國家可幾而理，豈誣也哉。

林紓云：

原毀則道人情之所以然，曲曲皆中時俗之弊。公當日不見直于貞元之朝，時相為趙憬、賈耽、盧邁，咸不以公為能，意必有毀之者，故婉轉敍述毀之所以生，與見毀者之所以被禍之故，未嘗肆詈，而惡薄之人情，揭諸篇端，一無所漏。所贈序與書多不平語，而此篇獨沈吟反覆，心傷世道，遂不期成為至文耳。原人括，原鬼正，均足以牖學者之識力。

莊適臧勵龢云：

原毀於當時惡薄人情，曲曲寫出；大抵愈不見直於貞元之朝，時宰又不以為能，毀之者大有人在，故婉轉敍述毀之所生，及見毀者之被累；沈吟反覆，的是至文。

今案：人情之不欲成人之美也，良堪浩嘆，夫舜有大善，不過善與人同，樂取於人以為善而已，文公此篇，推原毀之所由生，出於怠忌，而忌心之萌，尤敗德之首也，可不慎哉！

雜說一

龍噓氣成雲，①雲固弗靈於龍也。然龍乘是氣，茫洋窮乎玄閒，②薄日月，伏光景，感震電，神變化，水下土，汩陵谷，雲亦靈怪矣哉！

雲，龍之所能使爲靈也，若龍之靈，則非雲之所能使爲靈也。然龍弗得雲，無以神其靈矣，失其所憑依，信不可歟？異哉！其所憑依，乃其所自爲也。易曰：「雲從龍。」③既曰龍，雲從之矣。

注釋

①噓，呵也。

②茫洋，水氣瀰漫也。玄、天色，玄閒，天際也。

③易乾文言：「雲從龍，風從虎。」

析評

謝疊山云：

此篇主意，謂聖君不可無賢臣，賢臣不可無聖君，聖賢相逢，精聚神會，斯能成天下之大功，龍指聖君，雲指賢臣。

李光地云：

此篇寄託至深，取類至廣，精而言之，則如道義之生氣，德行之發為事業文章皆是也，大而言之，則如君臣之遇合，朋友之應求，聖人之風，興起於百世之下皆是也。

方苞云：

尺幅甚狹，而層疊縱宕，若崇山廣壑，使觀者莫能窮其際。

儲欣云：

一意數轉，神變莫測。

唐子西云：

此文咫尺間，有千仞之勢。

倪承茂云：

龍喻賢才，雲喻時勢，言賢才得時勢，其道大行，末二句歸轉龍上，言人特患無其具耳，不患無時勢也。

潘大炳云：

龍喻賢才，雲喻時勢，固是，然此篇是比體，凡世閒體用感應之理，無不可通，伯樂千里馬之說，亦可類推。

秦曜龍云：

龍喻君，雲喻臣，賢君必求賢臣以自輔，龍雖靈，不得雲則不靈也，而雲之靈，仍是龍噓氣成之，故靈也，始歸重在臣身上，又責成在君身上，分作三層看，結引易語正之。

沈欽韓云：

首篇反言之，譏浮薄之徒，依託豪貴，假句聲譽，以取選舉也。

張裕釗云：

純從空際轉運翔舞………其神妙尤在中間奇宕處，與轉捩變化，無跡可尋處。

吳楚材吳調侯云：

此篇以龍喻聖君，雲喻賢臣；言賢臣固不可無聖君，而聖君尤不可無賢臣；寫得婉委曲折，作六節轉換，一句一轉，一轉一意，若無而又有，若絕而又生；變變奇奇，可謂筆端有神。

錢基博云：

古人多以雲龍喻君臣；而韓愈雜說雲龍，却別有解。龍喻英雄，雲喻時勢。「雲，龍之所能使為靈，若龍之靈，則非雲之所能使為靈」，喻英雄能造時勢，而時勢不造英雄；無英雄，則無時勢；無龍，則無雲也。結穴於「其所憑依，乃其所自為也」，以策勵英雄之自造時勢。尺幅甚狹，而議論極偉，波瀾極闊，層波疊浪，渾灝流轉，如大海汪洋之烟波無際；此所謂「縮須彌於芥子」也。

今案：夫窮達有命，貴賤在時，聖君賢相，其所遇合，豈偶然哉？此文以龍喻君，以雲喻臣，自是正格，然比體之用，何所不能，亦不必拘執君臣，以為定式，凡人之際遇偶合，相感相發，相求相應者，皆可以入於譬喻之中，至其行文方式，則最可為法者也。

雜說四

世有伯樂，①然後有千里馬。千里馬常有，而伯樂不常有。故雖有名馬，祇辱於奴隸人之手，駢死於槽櫪之閒，不以千里稱也。②

馬之千里者，一食或盡粟一石，食馬者不知其能千里而食也；是馬也，雖有千里之能，食不飽，力不足，才美不外見，且欲與常馬等不可得，安求其能千里也！策之不以其道，食之不能盡其材，鳴之而不能通其意，執策而臨之曰：「天下無馬！」嗚呼！其眞無馬邪！其眞不知馬也！

注　釋

①伯樂，本星名，掌天馬，秦穆公時，孫陽善相馬，故名伯樂。

②駢，並也。槽，馬之食器，櫪，養馬之所。

析評

謝疊山云：

此篇主意，英雄豪傑，必遇知己者，尊之以高爵，食之以厚祿，任之以重權，其材斯可以展布。

儲　欣云：

淋漓頓挫，言之慨然。

沈德潛云：

寥寥短章，寫盡庸耳俗目。

曾國藩云：

謂千里馬不常有，便是不祥之言，何地無才，惟在善使之耳。

倪承茂云：

千里馬喻賢才，伯樂喻知己，言賢才不乏，特知之者希耳……此與前首，俱不露正意，而語見含蓄，乃詩人比興體也，讀者當於咏歎處得言外之神。

李剛己云：

自「策之不以其道」以下，純用逆筆，噴薄而出，奇縱無比。

張裕釗云：

昌黎諸短篇，遒古而波折自曲，簡峻而規模自宏，最有法度，而轉換變化處更多，學韓者宜從此入。

張伯行云：

專為懷才不偶者長氣，然士君子亦求其在我而已，何尤焉。

吳楚材冥調侯云：

此篇以馬取喻，謂英雄豪傑，必遇知己者，尊之以高爵，養之以厚祿，任之以重權，斯可展布其材；否則英雄豪傑亦已埋沒多矣，而謂之天下無才，然邪？否邪？甚矣，知遇之難其人也。

林紓云：

說馬及獲麟解，皆韓子自方之辭也。說馬語壯，言外尚有希求。解麟詞悲，心中別無餘望。兩篇均重在知字，篇幅雖短，而伸縮蓄洩，實具長篇之勢。說馬篇入手，伯樂與千里馬對舉成文。似千里馬已得倚賴，可以自酬其知，一跌落伯樂不常有，則一天歡喜，都淒然化為冰冷，且說到駢死槽櫪之間，行文到此，幾無餘地，可以轉旋矣。忽叫起「馬之千里者」五字，似從甚敗之中，挺出一生力之軍。怒騎犯陣，神威凜然。既而折入不知其能句，則仍是奴隸人作主。雖有才美，一無所用，興致仍復索然。至云：「安求其能千里也。」安求二字，猶有須斯生機，似主者尚有欲得千里馬之心，弊在不知而已。苟有道以御馬，則材尚可盡，意尚可以通，若但抹煞一言曰，天下無馬。則一朝握權，懷才者何能與抗。故結穴以歎息出之。以真無真不知相質問，既不自失身分，復以冷雋語折服其人，使之生媿，文心之妙，千古殆無其匹。至於獲麟一解，格同，而行文則微有不同。古有知馬之伯樂，無知麟之伯樂。且馬有羣，伯樂不過于羣中別為千里之馬。麟無羣，可以不待別而知為麟。至於不待別而知者，而仍不知，則麟之遇蹇矣，此昌黎所由用以自方也。入手引詩書春秋傳記百家之書，皆知為祥，用別于千里馬之徒賴一伯樂，似天下有普通共識之賢士，無可疑者，顧以不畜于家，不恒有于天下之故。凡賤眼中，盼眄不到，其所宿知而素稔者，馬牛犬豕之屬，見得天下皆凡材，無特殊之彥。故雖有麟，而仍不知。行文至此，為勢頗促，以上亦無餘語。作者忽從俗人眼中之知拈來，自己較量，謂汝所知者，我亦皆知；唯麟也，為我之獨知，不能盼爾之知。爾之所謂不祥，正我私心之所謂祥，亦詩書春秋之所謂祥，縱俗中指為不祥，亦復何害。用亦宜二字，似為收煞之筆。忽曰：麟之出，必有聖人在乎位，此聖人卽屬知馬之伯樂。然伯樂與聖人，皆不常有之人，而昌黎自命，則不亞麟與千里馬。千里馬不幸遇奴隸，麟不幸遇俗物，斥為不祥，然出皆非時。故有千里之能，抹煞之曰，無馬。有蓋代之祥，抹煞之曰，不祥。語語牢騷，卻語語占身分，是昌黎長技。

莊適　臧勵龢云：

第四首專為懷才數奇者吐氣，就馬取喻；大意謂英雄豪傑，必遇知己，始得發展，否則終歸湮沒，謂天下無才，豈非冤甚。

今案：此文雖用喻體，而筆力遒勁，沈著明快，尤以末句「嗚呼」以下兩句，緊收作結，真有千鈞之勢在焉，唯才為難，識才尤難，此所以千古以來，輒令豪傑氣短也，曾滌生復彭麗生書云：「竊嘗以為，無兵不足深憂，無餉不足痛哭，獨舉目斯世，求一攘利不先，赴義恐後，忠憤耿耿者，不可亟得，或僅得之，而又屈居卑下，往往抑鬱不伸，以挫以去以死，而貪饕退縮者，果驤首而上騰，而富貴而名譽，而老健不死，此其可為浩嘆者也。」可為此文注腳。

讀荀

始吾讀孟軻書，然後知孔子之道尊，聖人之道易行，王易王，霸易霸也，以為孔子之徒沒，尊聖人者，孟氏而已。晚得揚雄書，②益尊信孟氏，因雄書而孟氏益尊，則雄者，亦聖人之徒歟！聖人之道不傳於世，周之衰，好事者各以其說干時君，紛紛藉藉相亂，六經與百家之說錯雜，然老師大儒猶在，火於秦，黃老於漢，其存而醇者，孟軻氏而止耳，楊雄氏而止耳。及得荀氏書，於是又知有荀氏者也，考其辭，時若不粹，要其歸，與孔子異者鮮矣；抑猶在軻雄之閒乎！③

孔子刪詩書，筆削春秋，合於道者著之，離於道者黜去之，故詩書春秋無疵；余欲削荀氏之不合者，附於聖人之籍，亦孔子之志歟。孟氏，醇乎醇者也，荀與揚，大醇而小疵。

注釋

①荀下，或有子字。

②指太玄、法言等書。

③抑意古字通。

析評

程　頤云：

荀子才高，而其言多過，子雲才短，而其言少失，然皆未免夫駁者也，退之以大醇歸之，蓋韓子待人以恕。

儲　欣云；

秤量三子，確乎其不可易也，如宋儒之論荀揚，去申韓不遠矣，然歟否歟，公欲削荀之不合者，附聖人之籍，而卒不果就，惜哉。

沈德潛云：

戰國時，著書能明王道者，孟子外，惟荀子一人，中間性惡篇，顯與吾道相悖，餘可議者實尠也，昌黎欲削荀氏之不合者，附於聖人之籍，不沒其醇，不掩其疵，何等識力。

曾國藩云：

此與讀鶡冠子讀儀禮讀墨子四篇，矜慎之至，一字不苟，文氣類史公年表序。

張裕釗云：

卓識偉論，上下千古，其文勢甚雄闊，而以盤勁之致行之，彌覺聲光鬱然。…………

雖為讀荀子作，然直是自抒己意，論孟荀揚三家耳，而其中賓主，秩然不亂。

方　苞云：

止如槁木，自周以後，惟太史公韓退之有此，以所讀皆周人之書故也。

錢大昕云：

蓋自仲尼既歿，儒家以孟荀為最醇，太史公敘列諸子，獨以孟荀標目，韓退之於荀子雖有大醇小疵之譏，然其云「吐辭為經，優入聖域」（進學解），則與孟氏並稱，無異詞也。宋儒所訾議者，唯性惡一篇。愚謂孟言性善，欲人之盡性而樂於善，荀言性惡，欲人之化性而勉於善，立言雖殊，其教人以善則一也。宋儒言性雖主孟氏，然必分善理與氣質而二之，則已兼取孟荀二義。至其教人以變化氣質為先，實暗用荀子化性之說，然則荀子書詎可以小疵訾之哉？

高步瀛云：

因性惡之說攻荀卿，宋儒則然。韓所謂小疵者，殆不在此，退之原性，言性有三品，非獨不同荀之性惡，楊之善惡混，即孟子之性善，亦不謂然，知非以此判醇疵也。或謂韓尊孟子，荀非十二子篇，兼非子思、孟子，小疵者殆指此，恐亦不然。楊固尊孟者，何以同列之小疵邪？

錢基博云：

讀荀子，以孟軻、揚雄作陪，借賓定主，而折衷於孔子，穿插三人以為線索；局陣迷離，而筆力一出一入，兎起鶻落。孫樵與王霖書，謂：「韓吏部進學解，拔天倚地，句句欲活，讀之，如赤手捕長蛇，不施控勒騎生馬，急不得暇，莫可捉搦。」此真善道得韓文情狀。然進學解謹布置，主客問難，科白未脫；讀荀橫恣溢出，乃真似之。柳宗元謂：「退之猖狂恣睢，肆意有所作。」「肆意」二字亦妙；即如讀荀此文，篇幅不長，而筆意自肆；氣勢之灝瀚，局陣之迷離，從太史公老子韓非列傳、孟子荀卿列傳脫胎，而納大於細，以斂為縱，其文勢極雄闊，而以盤勁之筆出之；彍中肆外，精力彌綸。

馬其昶云：

公嘗言「世無孔子，不當在弟子之列」，讀此文，見其自命不在孟子下，借題以抒己意，無端而來，截然而止，中間突起突轉，此數者，文家秘密法也。

莊　適臧勵龢云：

讀荀有尊孟抑荀意；荀子非十二子以子貢並仲尼，又言人之性惡，是愈所謂離於道者。

今案：孔門後學，孟荀並稱，一主性善，一主性惡，孟學出自曾子子思，為傳道之儒，荀學出自子夏，為傳經之儒，中庸所謂「君子尊德行而道問學」者，孟荀近之矣，而皆足為命世之大儒也，然自道統言之，真能上承堯舜禹湯文武周孔性命之教者，則非孟軻氏莫屬，是以文公既揭道統之說，復撰為此篇，以大醇小疵論孟荀，精解卓識，雖千載以下，猶將視為定論也。

獲麟解

麟之爲靈昭昭也，①詠於詩，②書於春秋，③雜出於傳記百家之書，雖婦人小子，皆知其爲祥也。

然麟之爲物，不畜於家，不恒有於天下，其爲形也不類，非若馬牛犬豕豺狼麋鹿然，然則雖有麟，不可知其爲麟也。角者吾知其爲牛，鬣者吾知其爲馬，犬豕豺狼麋鹿，吾知其爲犬豕豺狼麋鹿，惟麟也不可知，不可知，則其謂之不祥也亦宜。

雖然，麟之出，必有聖人在乎位，麟爲聖人出也，聖人者必知麟，麟之果不爲不祥也。又曰，麟之所以爲麟者，以德不以形，若麟之出，不待聖人，則謂之不祥也亦宜。

注　釋

①麟鳳龜龍，古代謂之四靈。

②詩周南麟之趾：「麟之趾，振振公子，于嗟麟兮。」

③春秋魯哀公十四年，西狩獲麟，左傳記：「西狩於大野，叔孫氏之車子鉏商獲麟，以為不祥，以賜虞人，仲尼觀之，曰，麟也，然後取之。」公羊傳記：「麟者仁獸也，有王者則至，無王者則不至，有以告者曰，有麏而角者，孔子曰，孰為來哉，孰為來哉，反袂拭面，涕沾袍。」又：「西狩獲麟，孔子曰，吾道窮矣。」

析　評

謝疊山云：
此篇僅一百八十餘字，有許多轉換，往復變化，議論不究，第一轉，說麟為靈物，雖婦人小子，皆知其為祥。第二轉，說雖有麟，不知其為麟。第三轉，說馬牛犬豕豺狼麋鹿，吾皆知之，唯麟不可知。第四轉，說麟既不可知，則其謂之不祥也亦宜。第五轉，說麟之為聖人而出，聖人者必知麟，既有聖人知之，則麟果不為不祥也。第六轉，說麟之所以為麟者，以其為仁獸，為靈物，不必論其形。第七轉，說若麟之出，不待聖人在位之時，則人謂之不祥，亦宜。人能熟讀此等文字，筆便圓活，便能生議論。

呂祖謙云：

字少意多，文字立節，所以甚佳，甚抑揚開合，只主祥字，反覆作五段說。

湯東澗云：

麟以德為祥，若不待聖人而出，是其德之衰也，謂之不祥，亦可矣，以春秋之世，而麟出焉，故魯人以為不祥，然有仲尼識之，是麟為仲尼出也，則麟果不為不祥也哉。

錢豐寰云：

由祥說歸不祥，由不祥說歸祥，由不祥又說歸祥，字少意多，圓轉流動，筆力勝人。

顧迴瀾云：

此篇文字，須要看他過換及過接處，段段神遊，斡旋曲折。

茅　坤云：

文凡四轉而結思圓轉，如游龍、如轆轤，愈變化而愈勁厲，此奇兵也。

劉大櫆云：

尺水興波，與江河比大，唯韓公能之。

曾國藩云：

麟，自況也，聖人知麟，猶之唯湯知尹也，出不以時，猶云處昏君亂相之間也。

張裕釗云：

翔躡虛無，反覆變化，盡文家禽縱之妙。

宋遠孫云：

關睢之應，實無麟而若麟之瑞，春秋之作，實有麟而非麟之時。

張伯行云：

朱子有云：「鳳凰、嘉禾、騶虞、麟趾，皆載於書，詠於詩，其為瑞也章章矣！」而或者謂休符不於祥於其仁，與昌黎此篇可相發明。

林雲銘云：

按魯哀公十四年，西狩獲麟，傳稱叔孫以為不祥棄諸野，孔子往觀之，曰：麟也。然後取之。韓公此解，卽借不祥二字，翻駁成文。其意謂叔孫所以為不祥者，由於不知是麟，但麟之形，本有不可知，卽謂之不祥，何足為怪！若麟肯待聖人在位而後出，則有聖人知麟，斷不至受不祥之名矣。彼春秋之世，乾坤為何等時，顧乃見於魯郊，其出處如此，不特形不可知，而德亦有不可知者，卽明知是麟，謂之不祥，亦未為過也，豈叔孫無識而云然乎！是一篇翻案文字，凡四轉，四折開闔，變換不窮。

吳楚材吳調侯云：

此解與論龍論馬皆退之自喻有為之言，非有所指實也。文僅一百八十餘字，凡五轉，如游龍，如轆轤，變化不窮，真奇文也。

錢基博云：

獲麟解，蓋以自況也；結穴於「以德不以形」一語。「德」與「形」本只兩意，而剪裁五段：前三段，就「形」作翻騰；後二段，就「德」為勘論。「德」難知而「形」易見；麟之所以為「德」，惟聖人能知之；所以麟必待聖人而出，乃歸咎「麟之出，不待聖人」，意若自懟，其實憤世。唐荊川言：以「祥」「不祥」翻騰作眼目。其實以「知」「不知」轉換見用意。文凡四轉，而筆妙如環，轉換無迹；篇幅不大，而極渾灝流轉之勢，此所以為大手筆也。

莊　適臧勵龢云：

獲麟解為愈自方之辭，措詞甚悲，若已絕望；以麟自況，語語牢騷，而語語占身分。

今案：文公短篇，多大氣磅礴，筆勢矯健，此文以麟自喻，而以知與不知，出與不出，祥與不祥，喻其與聖君賢相之能否遇合，措詞簡潔，布局嚴整，而寓意則尤為深遠矣。

師說

古之學者必有師，師者，所以傳道受業解惑也。人非生而知之者，孰能無惑，惑而不從師，其爲惑也，終不解矣！生乎吾前，其聞道也，固先乎吾，吾從而師之，生乎吾後，其聞道也，亦先乎吾，吾從而師之，吾師道也，夫庸知其年之先後生於吾乎。是故無貴無賤，無長無少，道之所存，師之所存也。

嗟乎！師道之不傳也久矣！欲人之無惑也難矣！古之聖人，其出人也遠矣，猶且從師而問焉，今之衆人，其下聖人也亦遠矣，而恥學於師，是故聖益聖，愚益愚；聖人之所以爲聖，愚人之所以爲愚，其皆出於此乎。愛其子，擇師而教之，於其身也，則恥師焉，惑矣！彼童子之師，授之書而習其句讀者，非吾所謂傳其道解其惑者也；句讀之不知，惑之不解，或師焉，或不焉，小學而大遺，吾未見其明也。巫醫樂師百工之人，不恥相師，士大夫之族，曰師曰弟子云者，則羣聚而笑之，問之，則曰：「彼與彼年相若也，道相似也。」位卑則足羞，官盛則近諛，嗚呼！師道之不復可知矣！巫醫樂師百工之人，君子不齒，今其智乃反不能及，其可怪也歟！

聖人無常師，孔子師郯子萇弘師襄老聃，①郯子之徒，其賢不及孔子；孔子曰：「三人行，則必有我師。」是故弟子不必不如師，師不必賢於弟子，聞道有先後，術業有專攻，如是而已。

李氏子蟠，②年十七，好古文，六藝經傳，皆通習之，不拘於時；學於余，余嘉其能行古道，作師說以貽之。

注釋

①郯子，春秋時郯國之君，知少昊氏以鳥名官之故，孔子見而學焉，事見左傳昭公十七年。萇弘，周大夫，孔子從之問樂。師襄，魯之樂官，孔子從學鼓琴。老聃，李耳也，孔子從之問禮。

②李蟠，貞元十九年進士。

析評

呂祖謙云：

此篇最是結得段段有力，中間三段，自有三意說起，然大概意思相承，不失本意。

茅　坤云：

昌黎當時抗顏師道以號召後輩，故為此以倡赤幟云。

張伯行云：

師者，師其道也。年之先後，位之尊卑，自不必論，彼不知求師者，曾百工之不若，烏有長進哉！說命篇曰：「德無常師」，朱子釋之，以為天下之德，無一定之師，惟善是從，則凡有善者皆可師，亦此意也。

顧迴瀾云：

昌黎於文章，材力本過絕人，學又盡工夫，故能變態如此，至於不測，細玩此篇，全用袁盎傳意做骨法。

吳楚材吳調侯云：

通篇只是吾師道也一句，言觸處皆師，無論年之先後乎吾。因借時人拘於長幼之說不肯從師，歷引童子、巫醫、孔子喻之。如謂公慨然以師道自任，而作此以倡後學，淺矣。

莊 適臧勵龢云：

師說以「必有師」三字貫通篇；中間說觸處皆師，無論長幼貴賤，在人自擇，結處要李氏子能自得師，結出正意；然說師衹說到解惑處，故有謂其不若揚雄「師者人之模範」之意為佳。

今案：柳宗元答韋中立論師道書云：「今之世，不聞有師，獨韓愈不顧流俗，犯笑侮，收召後學，作師說，因抗顏而為師。」與文公此篇合看，可覘當時師道情形之一斑。

圬者王承福傳

圬之為技，賤且勞者也，有業之，其色若自得者。聽其言，約而盡。問之：王其姓，承福其名，世為京兆長安農夫。①天寶之亂，發人為兵，②持弓矢十三年，有官勳。棄之來歸，喪其土田，手鏝衣食。餘三十年，舍於市之主人，而歸其屋食之當焉，視時屋食之貴賤，而上下其圬之傭以償之，有餘，則以與道路之廢疾餓者焉。

又曰：「粟，稼而生者也，若布與帛，必蠶績而後成者也，其他所以養生之具，皆待人力而後完也，吾皆賴之；然人不可徧為，宜乎各致其能以相生也，故君者，理我所以生者也，而百官者，承君之化者也。任有小大，惟其所能，若器皿焉；食焉而怠其事，必有天殃，故吾不敢一日捨鏝以嬉。夫鏝易能可力焉，又誠有功，取其直，雖勞無愧，吾心安焉；夫力易強而有功也，心難強而有智也，用力者使於人，用心者使人，亦其宜也，③吾特擇其易為而無愧者取焉。嘻！吾操鏝以入貴富之家有年矣，有一至者焉，又往過之，則為墟矣，有再至三至者焉，而往過之，則為墟矣；問之其鄰，或曰：「噫！刑戮也。」或曰：「身既死而其子孫不能有也。」或曰：「死而歸之官也。」吾以是觀之，非所謂食焉怠其事而得天殃者邪！非強心以智而不足，不擇其才之稱否而冒之者邪！非多行可愧，知其不可而強爲之者邪！將貴富難守，薄功而厚饗之者邪？抑豐悴有時，④一去一來，而不可常者邪？吾之心憫焉，是故擇其力之可能者行焉。樂富貴而悲貧賤，我豈異於人哉！」又曰：「功大者，其所以自奉也博，妻與子，皆養於我者也，吾能薄而功小，不有之可也。又吾所謂勞力者，若立吾家而力不足，則心又勞也，一身而二任焉，雖聖者不可能也。」

愈始聞而惑之，又從而思之，蓋賢者也，蓋所謂獨善其身者也。⑤然吾有譏焉，謂其自爲也過多，其爲人也過少，其學楊朱之道者邪？楊之道，不肯拔我一毛而利天下，⑥而夫人以有家爲勞心，不肯一動其心以畜其妻子，其肯勞其心以爲人乎哉！雖然，其賢於世之患不得之而患失之者，⑦以濟其生之欲，貪邪而亡道，以喪其身者，其亦遠矣！又其言有可以警余者，故余爲之傳而自鑒焉。

注釋

①唐於首都設京兆府，長安、唐都，故城在今陝西長安縣西北。

②唐玄宗天寶十四年，安祿山叛，陷洛陽，次年，陷長安，玄宗奔蜀。
③孟子滕文公：「勞心者治人，勞力者治於人。」
④豐悴，猶言盛衰。
⑤孟子盡心：「窮則獨善其身，達則兼善天下。」
⑥孟子盡心：「楊子所為我，拔一毛而利天下，不為也。」
⑦論語陽貨：「鄙夫可與事君也與哉，其未得之也，患得之，既得之，患失之。」

析評

茅坤云：

以議論行敍事，然非韓文之佳者。

張伯行云：

人生天地間，任有大小，功有勞逸，斷無食焉而待其事之理，世之貪冒富貴者，不度德量力，而苟焉居之，多行可愧，自謂無患，而不知殃禍之隨其後也。易曰：「負且乘致寇至」，負也者，小人之事也；乘也者，君子之器也，小人而乘君子之器，盜思奪之矣！聖人之垂戒天下後世如此，而人不悟，何也？公見當時此輩甚多，故借圬者目中口中寫出盈虛消息道理，真如清夜鐘聲，令人警省，通篇抑揚錯落，盡文字之趣，謂非韓文之佳，似未深知文者也。

吳楚材吳調侯云：

前略敘一段，後略斷數語，中間都是借他自家說話，點成無限烟波，機局絕高，而規世之意，已極切至。

林雲銘云：

王承福本有官勳，不難身致富貴，其所以棄之而業圬者，自度其能不足以任其事，故寧為賤且勞，自食其力，博得一個心安無媿而已。此卽不處富貴，不去貧賤，一副大本領也。若仕宦人肯存是念，必能為清官，必能為勞臣，致君澤民之道，盡於此矣。是所言二段，自疏其所以業圬之意，與不能畜妻子之因，語語總是自安本分。中間卽借操鏝所見，述富貴之家不能自保，把舉朝尸位素餐輩盡行罵殺，不但罵之，且詛之矣，何等淋漓盡致！末段斷語二抑二揚，俱有深意，蓋惜承福不肯仕宦，為舉朝惋回風氣；又歎世之患得患失，貪邪忘道，不止於尸位素餐，進一層而罵之詛之，疾時已甚之言也。嗚呼！千古如斯，蓋有不勝其駡，不勝其詛者矣！

錢基博云：

圬者王承福傳，仿尚書記言之法，而用筆之排宕抑揚全學孟子。起提王承福以圬為業，色若自得，而後入口氣敍一生業圬經歷；此仿尚書誓誥，起先敍明所言之原委，而後入口氣以敍言；尚書記言之體則然也。至王承福言勞力勞心，各致其能以相生；祗是脫胎孟子有為神農之言者許行一章意思，而作翻案文字；孟子貶絕許行之勞力；此則不以勞力為菲薄，而賢於世之強心以智而不足，食焉而怠其事之有天殃。「樂富貴而卑貧賤，吾豈異於人哉！」「吾特擇其易為而無愧者取焉。」世故極深，見理極明，而處身極卑，出以坦迤，妙在老實；其立言愈平實，其設心愈坦白，光風霽月，正在不大聲以色也。

莊適臧勵龢云：

圬者王承福傳，前略敍一段，後略斷數語，中間借自己立說，點成無限烟波；規世的意，極為切至。

今案：此文要義，全從孟子而出，既說勞心勞力，復言獨善兼善，而歸之於以楊朱擬其人，雖然，楊朱亦豈可輕哉，獨善其身，雖不若兼善天下之可貴，然而人人獨善，天下亦治，況人各有能有不能，違其所能，強其所不能，此天下所以亂也，文公於此，蓋亦藉之以諷世之患得患失之徒，且圬者既有官勳，棄之來歸，則非凡人可知，俗謂小隱隱於山林，大隱隱於市朝，若王承福者，其亦真能藏身人海之賢者歟！

伯夷頌①

士之特立獨行，適於義而已，不顧人之是非，皆豪傑之士，信道篤而自知明者也。一家非之，力行而不惑者寡矣，至於一國一州非之，力行而不惑者，蓋天下一人而已矣，若至於舉世非之，力行而不惑者，則千百年乃一人而已耳；若伯夷者，窮天地亘萬世而不顧者也，昭乎日月不足爲明，崒乎泰山不足爲高，②巍乎天地不足爲容也！當殷之亡，周之興，微子賢也，抱祭器而去之；③武王周公，聖也，從天下之賢士與天下之諸侯而往攻之，未嘗聞有非之者也，彼伯夷叔齊者，乃獨以爲不可；殷既滅矣，天下宗周，彼二子乃獨恥食其粟，餓死而不顧；繇是而言，夫豈有求而爲哉，信道篤而自知明也。

今世之所謂士者，一凡人譽之，則自以爲有餘，一凡人沮之，則自以爲不足，彼獨非聖人而自是如此；夫聖人乃萬世之標準也，余故曰，若伯夷者，特立獨行窮天地亙萬世而不顧者也。雖然，微二子，亂臣賊子接跡於後世矣。④

注釋

①伯夷叔齊，商孤竹君之二子，孤竹君將死，欲立叔齊，及父卒，叔齊讓伯夷，伯夷曰：「父命也。」。遂逃去，叔齊亦不肯立而逃之。武王伐紂，伯夷叔齊，叩馬而諫，左右欲兵之，太公曰：「此義人也。」扶而去之。武王已勝殷，天下宗周，而伯夷叔齊恥食周粟，隱於首陽山，采薇而食，遂餓而死。

②說文：「岸，危高也。」

③微子，名啓，紂之庶兄，武王伐紂，微子持祭器而去。

④君臣之義，實亦藉伯夷叔齊有所維繫也。

析評

朱　子云：

此篇之意，所謂聖人，正指武王周公而言也，既曰聖人，則是固為萬世之標準矣，而伯夷者，乃獨非之，而自是如此，是乃所以為窮天地亘萬世而不顧者也，與世之以一凡人之毀譽而遽為喜慍者有間矣，近世讀者多誤以伯夷為萬世標準，故因附見其說云。

茅　坤云：

昔人稱太史公傳酷吏刺客等文，各肖其人，今以此文頌伯夷亦爾，然不如史遷本傳。

張伯行云：

特立獨行，適於義，乃為萬世標準，然非信道篤而自知明，烏能力行不惑如是？聞伯夷之風者，固宜頑廉懦立，慨然興起也，此文真說得聖人身分出。

姚　鼐云：

用意反側蕩漾，頗似太史公論贊。

曾國藩云：

舉世非之而不惑，此乃退之生平制行作文之宗旨也，此自況之文也。

馬其昶云：

用筆全在空際取勢，如水之一氣奔注，中間却有無數廻波盤旋而後下，後幅換意換筆，語語令人不測，此最是古人行文秘密處也。

林　紓云：

諱辯一首，已見之文章流別，今不具論。唯伯夷一頌，大致與史公同工而異曲。史公傳伯夷，患己之無傳，故思及孔子表彰伯夷，傷知己之無人也。昌黎頌伯夷，信己之必傳，故語及豪傑不因毀譽而易操。曰：「今世之所謂士者，一凡人譽之，則自以為有餘；一凡人沮之，則自以為不足。」見得伯夷不是凡人，敢為人之不能為，而名仍存于天壤。而己身自問，亦特立獨行者，千秋之名，及身已定，特借伯夷以發揮耳。蓋公不遇于貞元之朝，故有託而洩其憤。不知者，謂為專指伯夷而言，夫伯夷之名，孰則弗知，寧待頌者。讀昌黎文，當在在于此等處着眼，方知古人之文，非無為而作也。

錢基博云：

伯夷頌，論體而頌意；其實乃補太史公伯夷列傳後一篇贊耳。原毀以慨世道，為是非之公言之；伯夷頌則以自況，為斯道之重言之也。原毀賦，而伯夷頌則比意；其文破空而來，寓提折於排宕，亦學孟子以開蘇氏；蘇軾策論多仿之。

莊適臧勵龢云：

伯夷頌係愈有託而借以洩憤之文，非頌伯夷也；愈不遇於貞元之朝，借伯夷發抒其感慨；愈文字每有言在此而意在彼者，此篇卽其一例。

今案：史記伯夷列傳云：「或曰，天道無親，常與善人，若伯夷叔齊，可謂善人者，非邪？積仁絜行如此而餓死。」又云：「伯叔叔齊雖賢，得夫子而名益彰，顏淵雖篤學，附驥尾而行益顯。」是則太史公之心聲也，林琴南云：「不是凡人，敢為人之不能為，而名仍存于天壤。」是則韓文公之心聲也，要之，太史公之傳伯夷，韓文公之頌伯夷，皆「借伯夷以發揮耳」，其意豈全在伯夷身上哉。

張中丞傳後敍

元和二年四月十三日夜，愈與吳郡張籍閱家中舊書，得李翰所爲張巡傳；①翰以文章自名，爲此傳頗詳密，然尚恨有闕者，不爲許遠立傳，又不載雷萬春事首尾。

遠雖材若不及巡者，開門納巡，位本在巡上，授之柄而處其下，無所疑忌，②竟與巡俱守死成功名。城陷而虜，與巡死先後異耳，兩家子弟材智下，不能通知二父志，以爲巡死而遠就虜，疑畏死而辭服於賊；遠誠畏死，何苦守尺寸之地，食其所愛之肉，③以與賊抗而不降乎！當其圍守時，外無蚍蜉蟻子之援，所欲忠者，國與主耳，而賊語以以國亡主滅，遠見救援不至，而賊來益衆，必以其言爲信，外無待而猶死守，人相食且盡，雖愚人亦能數日而知死處矣，遠之不畏死亦明矣；烏有城壞其徒俱死，獨蒙愧恥求活，雖至愚者不忍爲，嗚呼，而謂遠之賢而爲之邪！說者又謂遠與巡分城而守，④城之陷自遠所分始，以此詬遠，此又與兒童之見無異；人之將死，其藏腑必有先受其病者，引繩而絕之，其絕必有處，觀者見其然，從而尤之，其亦不達於理矣！小人之好議論，不樂成人之美如是哉！如巡遠之所成就如此卓卓，猶不得免，其他則又何說！

當二公之初守也，寧能知人之卒不救，棄城而逆遁，苟此不能守，雖避之他處何益；及其無救而且窮也，將其創殘餓羸之餘，雖欲去，必不達；二公之賢，其講之精矣。守一城，捍天下，以千百就盡之卒，戰百萬日滋之師，蔽遮江淮，沮遏其勢，天下之不亡，其誰之功也？⑤當是時，棄城而圖存者，不可一二數，擅彊兵坐而觀者相環也，不追議此，而責二公以死守，亦見其自比於逆亂，設淫辭而助之攻也。

愈嘗從事於汴徐二府，屢道於兩府閒，⑥親祭於其所謂雙廟者！⑦其老人往往說巡遠時事云：南霽雲之乞救於賀蘭也，⑧賀蘭嫉巡遠之聲威功績出己上，不肯出師救，愛霽雲之勇且壯，不聽其語，彊留之。具食與樂，延霽雲坐，霽雲慷慨語曰：「雲來時，睢陽之人不食月餘日矣，雲雖欲獨食，義不忍！雖食，且不下咽！」因拔所佩刀斷一指，血淋漓以示賀蘭。一座大驚，皆感激爲雲泣下。雲知賀蘭終無爲雲出師意，卽馳去；將出城，抽矢射佛寺浮圖，矢著其上甎半箭，曰：「吾歸破賊，必滅賀蘭，此矢所以志也！」愈貞元中過泗州，⑨船上人猶指以相語。城陷，賊以刃脅降巡，巡不屈，卽牽去，將斬之；又降霽雲，雲未應，巡呼雲曰；「南八！男兒死耳，不可爲不義屈！」雲笑曰：「欲將以有爲也，公有言，雲敢不死！」卽不屈。

張籍曰：有于嵩者，少依於巡；及巡起事，嵩常在圍中。籍大曆中於和州烏江縣見嵩，嵩時年六十餘矣，以巡，初嘗得臨渙縣尉，⑩好學無所不讀；籍時尚小，粗問巡遠事不能細也。云：巡長七尺餘，鬚髯若神。嘗見嵩讀漢書，謂嵩曰：「何爲久讀此？」嵩曰：「未熟也。」巡曰：「吾於書，讀不過三徧，終身不忘也。」因誦嵩所讀書，盡卷不錯一字。嵩驚，以爲巡偶熟此卷，因亂抽他帙以試，無不盡然。嵩又取架上諸書試以問巡，巡應口誦無疑。嵩從巡久，亦不見巡常讀書也。爲文章，操紙筆立書，未嘗起草。初守睢陽時，士卒僅萬人，城中居人〔戶〕亦且數萬，巡因一見問姓名，其後無不識者。巡怒，鬚髯輒張。及城陷，賊縛巡等數十人，坐；且將戮，巡起旋，其衆見巡起，或起或泣，巡曰：「汝勿怖！死，命也。」衆泣不能仰視。巡就戮時，顏色不亂，陽陽如平常。遠寬厚長者，貌如其心。與巡同年生，月日後於巡，呼巡爲兄。死時年四十九。嵩，貞元初死於亳宋閒；⑪或傳嵩有田在亳宋閒，武人奪而有之，嵩將詣州訟理，爲所殺。嵩無子，張籍云。

注釋

①新唐書藝文志史部雜傳記類，有李翰所著張巡姚誾傳二卷。

②安史之亂，許遠為睢陽太守，姚誾為城父令，張巡至睢陽，與二人合，至德二年，詔拜巡為御史中丞。睢陽，故城在今河南商邱縣。

③睢陽食盡，巡出愛妾以饗士，遠亦殺其奴。

④巡守東北，遠守西南。

⑤睢陽當江淮之路，睢陽不下，賊不敢繞出其前，唐人因以江淮得全之功，歸之巡遠。

⑥董晉鎮汴，張建封鎮徐，愈皆嘗為從事。

⑦巡遠後皆贈大都督，立廟睢陽，號雙廟。

⑧賀蘭進明，時駐臨淮。

⑨唐河南道泗州治臨淮縣。

⑩大曆，代宗年號。烏江縣、臨渙縣，皆在今安徽省。

⑪亳、宋，皆唐州名，亳在今安徽，宋在今河南。

析評

茅　坤云：

通篇句字氣，皆太史公髓，非昌黎本色。

儲　欣云：

文凡四段，前二段辨論，後二段敍記，分明兩種體裁，其文則公本色，並非摹倣太史公。

蔡世遠云：

氣薄雲霄，爭光日月，李漢敍公文所謂詭然而蛟龍翔，蔚然而虎鳳躍，鏘然而韶鈞鳴者是也，巡遠在地下，應掀髯起舞，讀者亦掀髯起舞。

方　苞云：

截然五段，不用鉤連，而神氣流注，章法渾成，惟退之有此。…………退之序事之文，不學史記，而生氣奮動處，不覺與之相近。…………前三段乃議論，不得曰，記張中丞逸事，後二段乃敍事，不得曰讀張中丞傳，故標以張中丞傳後敍。

劉大櫆云：

通篇議論，盤屈排奡，鋒鋩透露，皆韓公本色，鹿門以為太史公，誤矣。

沈德潛云：

辨許遠無降賊之理，全用議論，後於老人言，補南霽雲乞師，全用序事，末從張籍口中，述于嵩述張巡軼事，拉雜錯綜，史筆中變體也，爭光日月，氣薄雲霄，文至此，可云不朽。

張裕釗云：

其屈盤遒勁，雄岸自喜處，仍係退之本色。

汪武曹云：

因李翰不為許公立傳，前半於許公獨詳，後半自當再為張公詳敘。

浦二田云：

緣與張籍讀中丞傳，胸中觸著許南事，及當時傳說浮議，並張籍零星所聞，因成此文，是書後體，非史傳體也，依文分則，作四則看，為許遠辨誣，作一則，為二公辨死守，作一則，此兩則，乃辨體也，敘南八事，作一則，記張籍述于嵩事，作一則，此兩則，乃敘事體也，各成片段，慎勿牽紐。

林雲銘云：

巡先死不為遽，遠後死不為屈，千古完節，史贊之矣。昌黎因當時有議遠者，故力辯其非。下半段總論巡遠之功，不應有所他議。余考睢陽被圍時，許叔冀在譙郡，尚衡在彭城，賀蘭進明在臨淮，皆擁兵不救。迨張鎬兵至，而城已陷三日，召閭丘曉而杖殺之，此舉差快人意。但令許遠積糧六萬石時，虢王巨不分其半，猶可待鎬救也。虢王巨之罪，又在擁兵不救之上矣，讀史者何能無恨。

林　紓云：

張中丞傳後敘，蓋仿史公傳後論體，采遺事以補傳中所不足也。如背誦漢書，記城中卒伍姓名，起旋慰同斬者之涕泣，事近繁碎，然為傳後補遺之體則可，引為張巡傳中正事，則事更有大於此者。李翰書正坐太繁，極為歐陽文忠所譏。然退之此文，歷落有致，夾敘夾議。歐陽公述王鐵槍事，殆脫胎于此。

吳汝綸云：

此退之文之極似太史公者，韓文所以雄峙千古，賴有此數篇耳。

錢基博云：

張中丞傳後敘，拾遺蒐聞以補傳後，此太史公書傳後贊法。而起逕提翰「為傳頗詳密，然尚恨有闕者，不為許遠立傳，又不載雷萬春事首尾。」入後虛實相生，前半議論，後半敘事；然「不載雷萬春事首尾」，未以敘事交代，而「不為許遠立傳」，則以議論交代。前半逕承起筆辨「不為許遠立傳」，以為遠雪不死之冤，而兼彰巡之功以距淫辭，息衆囂。後半敘事以拾軼聞，補傳闕，而出力寫南霽雲乞救，奕奕如生，特點城陷「巡呼雲曰：南八男兒死耳」一筆，乃知霽雲特借以烘託巡，加倍義烈。以題曰「張中丞傳後敘」，何得拋荒張中丞，看似奮筆直書，其實扣題行文也。議論自出議論，以難人之「好議論」；敘事則不敢造作故事，而託之人口，一則曰「愈嘗從事於汴、徐二府，屢道於兩州間，親祭於其所謂雙廟者，其老人往往說巡、遠時事云」；再者曰「張籍曰」，信以傳信，語有來歷。而述其老人往往說巡、遠時事云，未及竟語，橫插入「愈貞元中，過泗州，船上人猶指以相語」，融見入聞；然後接「城陷」云云以畢老人之語，心領神會，情況如繪。述「張籍曰」，本之于嵩；嵩之語畢，而窮究嵩死，敘「嵩貞元初，死於亳、宋間」云云，傳聞異詞，倒結以「張籍云。」語已畢而異峰突起，勢欲連而橫風吹斷，隨事曲注，不用鉤連，而神氣畢貫，章法渾成；直起直落，言盡則意止，而生氣奮動，筆有餘勢；跌宕俊邁，蓋學太史公而神行氣化，不為字模句擬之貌似者也。

張中丞傳後敘，恨李翰傳之有缺，以「不載雷萬春事首尾」，與「不為許遠立傳」並提；然入後敘事，不及雪萬春，而詳於南霽雲者；蓋霽雲，翰傳之所及，而尚缺有間，故以補軼聞。而萬春，則翰傳所不及，首尾不備，而以俟另傳，故不及也。

莊　適臧勵龢云：

張中丞傳後敘仿史公傳後論體，采遺事以補傳中不足，故篇中所敘如背誦漢書，記城中卒伍姓名等，皆傳後補遺體裁；文夾敘夾議，亦深得史公筆法。

今案：文公此篇，既云，閱家中舊書，得李翰張巡傳，復恨其尚有闕者，「不為許遠立傳，又不載雷萬春事首尾」，然而此篇之中，僅補述許遠事跡，為之辨誣，終不及雷萬春事，不免有所漏略，啓人疑竇，茅鹿門謂文公此篇之中，雷萬春當作南霽雲，閻若璩潛邱札記亦謂作南霽雲為是，然考新唐書忠義雷萬春傳云：「雷萬春者，不知所從來，事巡為偏將。」又云：「萬春將兵方略不及霽雲，而彊毅用命，每戰，巡任之與霽雲鈞。」是雷萬春本有其人，本具事跡，唯李翰傳中，不詳其首尾耳，諸欣嘗云：「雷萬春，茅鹿門謂當作南霽雲，而黃梨洲非之，黃近是，蓋所謂不載首尾者，如唐書云：雷萬春者，不詳所從來。前人不載，後人自不得詳也，睢陽戰鬭，南雷略同，張公任雷與南無二，又偕公同日死節，而首尾不載，不詳此子，韓子所以恨其闕也，春秋之法，傳著傳疑，闕者已矣，惟往來汴徐之間，耳聞目見，得南將軍事而具書之，著以傳著史法，固然，何必前提後應哉，案唐書，南霽雲者，魏州頓邱人，少微賤，為人操舟，末云子承嗣，歷涪州刺史，則南將軍固首尾歷碌，而猶恨闕如，無是理矣。」蔡世遠亦云：「按唐書許遠傳，卽採公此論，南霽雲雷萬春並附列傳，言巡至睢陽，與太守許遠，城父令姚誾等合，遣將雷萬春南霽雲等領兵戰寧陵北，斬戰將二十，殺萬餘人，萬春傳云，霽雲萬春敗賊於寧陵也，別將二十有五，後皆死巡難，並詳傳中，唯四人逸其姓名，又巡傳，霽雲亦不肯降，廼與姚誾雷萬春等三十六人遇害，又萬春傳，令狐潮圍雍邱，萬春為巡偏將，立城上，與語，六矢著面，不動，巡任之，與霽雲鈞，前輩以篇中但及霽雲，而不及萬春，遂疑前之雷萬春為南霽雲之誤，愚謂不載首尾者，卽雷傳不詳所來也，老人略說，既第舉霽雲小時粗問，更不細及萬春，則昌黎亦竟付之闕如，或略或詳，於文義，初無碍也。」要之，雷萬春與南霽雲，必屬二人，當無疑義，茲謹為之雜引諸說，補述於上，以不沒豪傑之事跡也。

畫記

雜古今人物小畫共一卷。

騎而立者五人；騎而被甲載兵立者十人：一人騎執大旗前立；騎而被甲載兵行，且下牽者十人；騎且負者二人；騎執器者二人；騎擁田犬者一人；騎而牽者二人；騎而驅者三人；執羈靮立者二人；①騎而下，倚馬臂隼而立者一人；騎而驅涉者二人，徒而驅牧者二人；坐而指使者一人；甲冑手弓矢鈇鉞植者七人；甲冑執幟植者十人，負者七人，偃寢休者二人；甲冑坐睡者一人，方涉者一人，坐而脫足者一人，寒附火者一人；雜執器物役者八人；奉壺矢者一人；舍而具食者十有一人；挹且注者四人；②牛牽者二人；驢驅者四人；一人杖而負者；婦人以孺子載而可見者六人，載而上下者三人；③孺子戲者九人：凡人之事三十有二，爲人大小百二十有三，而莫有同者焉。

馬，大者九匹；於馬之中，又有上者，下者，④行者，牽者，涉者，陸者，翹者，⑤顧者，鳴者，寢者，訛者，立者，人立者，齕者，⑥飲者，溲者，陟者，降者，痒磨樹者，噓者嗅者，喜相戲者，怒相踶齧者，⑦秣者，騎者，驟者，走者，載服物者，載狐兔者：凡馬之事二十有七，爲馬大小八十有三，而莫有同者焉。

牛大小十一頭，橐駝三頭，驢如橐駝之數，而加其一焉，隼一，犬羊狐兔麋鹿共三十，旃車三兩，⑧雜兵器弓矢旌旗刀劍矛楯弓服矢房甲胄之屬，罐盂簦笠筐筥錡釜飲食服用之器，⑨壺矢博奕之具，二百五十有一，皆曲極其妙。

貞元甲戌年，⑩余在京師，甚無事，同居有獨孤生申叔者，⑪始得此畫；而與余彈棊，⑫余幸勝而獲焉。意甚惜之，以爲非一工人之所能運思，蓋聚集衆工人之所長耳，雖百金不願易也。明年出京師，至河陽，⑬與二三客論畫品格，因出而觀之。座有趙侍御者，君子人也，見之戚然若有所感；〔然〕少而進曰：「噫！余之手模也，亡之且二十年矣！余少時，常有志乎茲事，得國本，⑭絕人事而模得之，遊閩中而喪焉，居閑處獨，時往來余懷也；以其始爲之勞而夙好之篤也。今雖遇之，力不能爲已！且命工人存其大都焉。」余旣甚愛之，又感趙君之事，因以贈之；而記其人物之形狀與數而時觀之，以自釋焉。

注釋

①羈，絡也。靮，音的，繮也。

②挹，酌也。注，灌也。

③上下，謂婦人之上下車也。

④在上或在下也。

⑤陸與踛通，踛，跳躍也。翹，舉足也。

⑥訛，動也。齕，音屹，齧草也。

⑦以上皆馬之無負載者，以下則為馬之已騎載者。

⑧旃，曲柄旗，車載旃，故曰旃車。

⑨缾，同瓶。雨具有柄曰簦，無柄曰笠。竹器方曰筐，圓曰筥，筥，音居。釜，三足曰錡，無足曰釜。

⑩貞元甲戌年，貞元十年也。

⑪獨孤申叔，字子重。

⑫彈棊，古遊戲之具，局方二尺，中心高如覆盂，其顛為小壺，四角微顯起。

⑬河陽，今河南孟縣。

⑭國，或作故。

析評

蘇　軾云：

妄庸者，作歐陽永叔語云，吾不能為退之畫記，此大妄也，僕嘗謂退之畫記，近似甲乙帳耳，了無可觀，世人識真者少，可嘆亦可愍也。

方　苞云：

周人以後，無此種格力，歐公自謂不能為，所謂曉其深處，而東坡以所傳為妄，於此見知言之難。

張裕釗云：

讀此文，固須求其參錯之妙，尤當玩其精整。

徐幼錚云：

先有精整，乃有所謂參錯，參錯而不精整，則雜而無章矣。此文佳處，全在句法錯綜，繁而明，簡而曲，質而不俚，段與段句法變換，而段之中各句，又自為變換，不然，與雜貨單何異，何得為文？歐公自謂不能為者，自是不能仿為之意。此種文字，長篇大幅中偶摹效一二句，尚覺生色，若全篇仿此，試問有何趣味？遽謂周人以後無此格力，未免過當，蓋無是題耳，且有是題，亦不必作是調耳，非無是文也。

林紓云：

畫記極生峭，却最易學，如羅漢渡海，龍生請齋圖記，幾于無語不肖。顧依樣葫蘆，肖亦何益。本文初無他奇，奇在兩用凡字，一用皆字，實庸手所萬不能到。入手敘人，其次敘馬，又次敘雜畜器物，若無所收束，直是一卷賬本，何名為記。文合以上之人馬，最之曰：凡人之事三十有二，為人大小百二十有三，莫有同者馬。夫人有事也，馬屬於人，尚有何事，乃以牽涉翹顧鳴寢諸態，為馬之事。復最之曰：凡馬之事二十有七，為馬大小八十有三，而莫有同者馬。文心之妙，能舉不相偶之事，對舉成偶，真匪夷所思。惟人馬之外，尚有雜畜及兵仗之屬，此不可凡者也，乃總束之曰皆。曲極其妙，歸入畫工好處，卽為記中之結束。學文者，當從此處著眼，方有把握。若但學其字法句法，殊皮毛耳，胡曰善學。

莊適臧勵龢云：

畫記整齊奇變，最拙處卽最巧處，極生峭却極易學；能舉不相偶之事實對舉成偶，尤為人所想不到；秦少游曰：「序事該而不煩。」語甚切當。

今案：以文字作彩筆，記述圖畫景象，欲其酷肖傳神，其事實非易易，而所記者，人與牛馬，類僅三種，為數則多，乃求一一分別其殊異之狀，則其事為尤難，文公此篇，縱筆所記，雖具條理，不免瑣碎繁蕪，全文精萃，宜在後半幅中，設其前幅文字，力求潔淨，俾使前後相當，重輕合度，則必能益形佳妙矣。

藍田縣丞廳壁記

丞之職，所以貳令，②於一邑無所不當問；其下主簿尉，主簿尉乃有分職。丞位高而偪，例以嫌，不可否事。文書行，吏抱成案詣丞，卷其前，鉗以左手，右手摘紙尾，雁鶩行以進，平立睨丞曰：「當署！」丞涉筆占位署惟謹，③目吏問可不可，吏曰「得」，則退，不敢略省，漫不知何事。官雖尊，力勢反出主簿尉下。

博陵崔斯立，④種學績文，以蓄其有，泓涵演迤，日大以肆。貞元初，挾其能，戰藝於京師，再進，再屈于人。⑤元和初，以前大理評事言得失黜官；再轉而爲丞茲邑。始至，喟曰：「官無卑，顧材不足塞職。」既噤不得施用，又喟曰：「丞哉！丞哉！余不負丞，而丞負余！」則盡枿去牙角，⑥一躡故跡，破崖岸而爲之。丞廳故有記，壞漏汚不可讀，斯立易桷與瓦，墁治壁，悉書前任人名氏。庭有老槐四行，南牆鉅竹千梃，儼立若相持，水㶁㶁循除鳴，⑦斯立痛掃溉，對樹二松，日哦其間。有問者，輒對曰：「余方有公事，子姑去！」

考功郎中知制誥韓愈記。

注釋

①藍田縣，今屬陝西省。

②貳，副貳也。

③占位，言占所書名之地，丞，書名在令之下，簿尉之上也。

④博陵，今河北定縣，崔斯立，字立之，貞元四年進士，六年，中博學宏詞科。

⑤屈，當作出。

⑥枿，音孼，斬伐也，牙角，顯露之物。

⑦除，階也。

析評

曾國藩云：

崔斯立之為人，必有奇崛之才，而天趣橫溢，公與相處，必彼此善謔，而又相敦以古義者，…………此文則純用戲謔，而憐才共命之意，沉痛處自在言外。

張裕釗云：

此文純以詼詭出之，當從傲睨一切中玩其神味。

何焯云：

以不問一事反結，跌宕有簡兮詩人之意。

林雲銘云：

縣丞一席，論國家設官之意，於一邑無所不當問，及其後有避嫌之例，又有一邑無所當問者也。文書方行，吏抱成案，請署景況，不但不如簿尉，反不如吏，猶有所知矣。至諺以丞為慢語，相訾相謷，不但不成其為有用之官，且不成其為有用之人矣！丈夫當為雄飛，不當為雌伏，到此地位，把畢生之學問氣節，俱應一刀兩斷，付之東流大海，即平日無所長短之人，且不能堪，況崔君乎！昌黎不便說丞當問邑事，又不便說崔君不當為丞，只痛發丞之職，例不得施用，轉入崔君平日有學問有氣節，到此不得不循例而行；即以其兩番喟歎之言敘入，則丞原非空設，而崔君不當為丞之意，無不俱見。末敘崔君哦松對人之言，以明其超然於用舍之外，而代占却許多地步，細看結尾竟住，此後又加一語不得，真古今有數奇文！

莊　適臧勵龢云：

藍田縣丞廳壁記，本記縣丞廳壁，反說丞不得盡職，且極力寫丞的可憐，可謂極詼諧游戲之能事。

今案：崔君為人，必有奇才異能，可施於用者，而一任丞職，無以進取，空對廳壁，冷落無聊，誠不免令英雄氣短也，而昌黎復以諧謔之筆出之，以崔君之從容無悶為結，此所以為奇絕之文也。

新修滕王閣記

愈少時，則聞江南多臨觀之美，而滕王閣獨爲第一，①有瑰偉絕特之稱，及得三王所爲序賦記等，②壯其文辭，益欲往一觀而讀之，以忘吾憂，繫官於朝，願莫之遂。十四年，以言事斥守揭陽，③便道取疾，以至海上，又不得過南昌而觀所謂滕王閣者，其多，以天子進大號，加恩區內，移刺袁州，④袁於南昌爲屬邑，私喜幸自語，以爲當得躬詣大府，受約束於下執事，及其無事且還，儻得一至其處，竊寄目償所願焉。

至州之七月，詔以中書舍人太原王公爲御史中丞，觀察江南西道，⑤洪江饒虔，吉信撫袁，悉屬治所，⑥八州之人，前所不便，及所願欲而不得者，公至之日，皆罷行之，大者驛聞，小者立變，春生秋殺，陽開陰閉，令修於庭戶，數日之間，而人自得於湖山千里之外，⑦吾雖欲出意見，論利害，聽命於幕下，而吾州乃無一事可假而行者，又安得捨己所事，以勤館人，則滕王閣又無因而至焉矣。

其歲九月，人吏浹和，公與監軍使燕于此閣，文武賓士，皆與在席，酒半，合辭言曰：

「此屋不修且壞，前公爲從事此邦，適理新之，公所爲文，實書在壁，今三十年，而公來爲邦伯，適及期月，公又來燕於此，公烏得無情哉。」公應曰「諾」。於是棟楹梁桷板檻之腐黑撓折者，蓋瓦級甎之破缺者，赤白之漫漶不鮮者，治之則已，無侈前人，無廢後觀，工既訖功，公以衆飲，而以書命愈曰：「子其爲我記之。」

愈既以未得造觀爲歎，竊喜載名其上，詞列三王之次，有榮耀焉，乃不辭而承公命，其江山之好，登望之樂，雖老矣，如獲從公遊，尚能爲公賦之，元和十五年十月某日，袁州刺史韓愈記。

注釋

①滕王閣，唐高祖子元嬰為洪州刺史時所建，後元嬰封為滕王，故以為名，舊址在今江西省新建縣城西章江門外。

②王勃作滕王閣序，王緒作滕王閣賦，王仲舒為從事時作修閣記。

③憲宗元和十四年，春，愈以諫迎佛骨，貶潮州刺史。

④羣臣上尊號，曰，元和聖文神武法天應道皇帝。

⑤元和十五年六月，以中書舍人王仲舒為洪州刺史，御史中丞，充江西觀察史。

⑥太宗併省州郡，為關內、河南、河東、河北、山南、江南、隴右、淮南、劍南，嶺南十道，其後又增京畿、都畿、黔中三道，又分山南為山南東、山南西二道，分江南為江南東、江南西二道，共十五道。

⑦恩威擧廢，如四時二氣之流行，喻其速且當也。

析評

朱　子云：

勝王閣在洪州，公自袁州作此記，凡五百五字，首尾敍其不一到為歎，而終之曰：「其江山之好，登望之樂，雖老矣，如獲從公遊，尚能為公賦。」蓋敍事之外，所以寄吾不盡之意，歐陽永叔為襄守史中輝記峴山亭，尹師魯為襄守燕公記峴山亭，蘇子美為處守李然明記照水堂，蘇子瞻為眉守布聲記遠景樓，四者，其辭雖異，而大意略同，意略同，豈作文之法，當如是耶，抑亦祖公此意而為之也。

沈德潛云：

總以未得造觀，生情作態，此記體中別行一路法也，末段意言俱不盡，讀者徘徊賞之。

姚　範云：

風格峻朗，公文之老境如此。

曾國藩云：

反復以不得至彼為恨，此等蹊徑，自公闢之，亦無害，後人踵之以千萬，乃遂可厭矣，故知造意之無關義理者，皆不足復陳也。

張裕釗云：

尋常頌揚文字，經退之為之，便瑰瑋鉅麗，簡老深括，夐絕於人。

林雲銘云：

凡記修閣，必記修閣之人，況屬員為上司執筆，尤當著意。若是俗手定將王公政績十分揄揚，轉入公餘之暇，從事江山之樂，伎倆盡矣。昌黎偏把欲遊未得遊之意作線，三番四覆把王公政績，於不經意中敘入。人徒知以不得遊，發出感歎；而不知前段兩不得遊，乃中段不得遊襯筆；中段不得遊，乃敘王公政績襯筆也。且敘政績處，練出春秋陰陽，湖山千里等語，與閣上佳勝相擊射，文心欲絕，讀之如天半彩霞，可望而不可即，異樣神品。

蔣抱玄云：

創格絕調，讀之如睹天半彩霞，可望而不可卽，神品也。

林紓云：

凡不親其地，代人作記，為事甚難。王子安序多失實。所謂西山，僕曾一見之，隱然一小山耳。水落沙明，所謂長天一色者，亦屬目可盡。且沙上多蓋小屋，杉木積疊，商船攢聚，人聲囂雜，想滕王舊時之風景盡矣。然讀子安之文，未嘗不為之神爽。當昌黎刺袁州時，王仲舒適觀察江南西道，卽今之南昌。滕王閣本可立至，既為王所屬，作記，若寫江上風物，度之不能超過子安。故僅以不至為塞責。一曰：「繫官於朝，願莫之遂。」再曰：「便道取疾，以至海上，又不得過南昌。」三曰：「吾州乃無一事可假而行者。」舍滕王閣外之風光，述觀察新來之政績，與修閣之緣起，力與王勃之序、王緒之賦相避，自是行文得法處。後此，歐陽永叔為史中輝記峴山亭，尹師魯為燕公亦記峴山亭，蘇子美為李然明記照永堂，蘇子瞻為黎希聲記遠景樓，其辭雖異，大意略同。

今案：未至其地，未睹其物，而必欲記其山川景物，民風土俗，其事甚難，而文公此篇，另闢蹊徑，實開創格，故為後世文人所宗也，至於稱頌文字，不露痕迹，先公後私，地步站穩，則尤為得體者也。

答竇秀才書①

愈白，愈少駑怯，於他藝能，自度無可努力，又不通時事，而與世多齟齬，念終無以樹立，遂發憤篤專於文學，學不得其術，凡所辛苦而僅有之者，皆符於空言，而不適于實用，又重以自廢，是故學成而道益窮，年老而智愈困，今又以罪，黜於朝廷，遠宰蠻縣，愁憂無聊，瘴癘侵加，喘喘焉無以冀朝夕。②

足下年少才俊，辭雅而氣銳，當朝廷求賢如不及之時，當道者又皆良有司，操數寸之管，書盈尺之紙，高可以釣爵位，循次而進，亦不失萬一於甲科，③今乃乘不測之舟，入無人之地，以相從問文章爲事，身勤而事左，辭重而請約，非計之得也，雖使古之君子，積道藏德，遁其光而不曜，膠其口而不傳者，遇足下之請懇懇，猶將倒廩傾困，羅列而進也，若愈之愚不肖，又安敢有愛於左右哉。

顧足下之能，足以自奮，愈之所有，如前所陳，是以臨事愧恥而不敢答也，錢財不足以賄左右之匱急，文章不足以發足下之事業，稇載而往，垂橐而歸，④足下亮之而已。

注　釋

①竇秀才，名存亮。此文作於貞元二十年，愈時以言事黜為陽山令，陽山，在今廣東。

②喘喘，或作惴惴。

③甲科，謂名第居前也。唐制，明經有甲乙丙丁四科，進士有甲乙二科。

④捆，收拾也，橐，囊也。

析　評

張伯行云：

公時以言事黜宰陽山，喜竇之自遠從學也。故特為之寫其懇款之意，讀之者如坐春風中矣。

劉大櫆云：

雄硬直達之中，自有起伏抑揚之妙。

張裕釗云：

歐公風趣，以紆餘出之，退之風趣，以兀岸出之。

林紓云：

答竇秀才書，則公方于貞元十九年貶陽山令，滿懷牢騷，無處發洩，而竇公時適以此至縣請粟。告以身勤事左，辭重請約。見得凡能文抱道之人，至惴惴無以冀朝夕，似文與道均不祥之物，身既坐廢窮困，益之以罪，秀才來請，又奚為者，一面說朝廷求賢，一面說當道皆良有司，然爵位之上用一鈞字，則朝廷之求賢可知，良有司之衡才又可知，褒詞與貶詞，分作兩撅用法，使讀書者，解悟其用意，此巧於用扼字法也。

莊適臧勵龢云：

答竇秀才書，時愈貶陽山令，正滿腹牢愁，無處發洩，而竇適於此時至縣請粟，其問必無可採，其人不足與進，故應之如此。

今案：此文當與送區册序合讀，以見是時文公貶在陽山，滿懷愁緒，心情孤寂之一斑也，而文中造詞，多用駢儷，孰謂文公完全摒却偶語哉。

答李翊書

六月二十六日愈白，李生足下：生之書辭甚高，而其問何下而恭也？能如是，誰不欲告生以其道！道德之歸也有日矣，況其外之文乎！抑愈所謂望孔子之門牆而不入於其宮者，①焉足以知是且非邪。雖然，不可不爲生言之。

生所謂立言者是也，生所爲者，與所期者，甚似而幾矣，抑不知生之志蘄勝於人而取於人邪？將蘄至於古之立言者邪？蘄勝於人而取於人，則固勝於人而可取於人矣；②將蘄至於古之立言者，則無望其速成，無誘於勢利，養其根而俟其實，加其膏而希其光，根之茂者其實遂，膏之沃者其光曄，仁義之人，其言藹如也。③

抑又有難者，愈之所爲，不自知其至猶未也。雖然，學之二十餘年矣。始者，非三代兩漢之書不敢觀，非聖人之志不敢存，處若忘，行若遺，儼乎其若思，④茫乎其若迷；當其取於心而注於手也，惟陳言之務去，戛戛乎其難哉！⑤其觀於人，不知其非笑之爲非笑也。如是者亦有年，猶不改，然後識古書之正僞，與雖正而不至焉者，昭昭然白黑分矣，而務去之，乃徐有得也；當其取於心而注於手也，汩汩然來矣；⑥其觀於人也，笑之則以爲喜，譽之則以爲憂，以其猶有人之說者存也。如是者亦有年，然後浩乎其沛然矣；吾又懼其雜也，迎而距之，平心而察之，其皆醇也，然後肆焉。雖然，不可以不養也，行之乎仁義之途，游之乎詩書之源，無迷其途，無絕其源，終吾身而已矣。氣，水也，言，浮物也，水大而物之浮者大小畢浮，氣之與言猶是也，氣盛則言之短長與聲之高下者皆宜。雖如是，其敢自謂幾於成乎！雖幾於成，其用於人也奚取焉！

雖然，待用於人者，其肖於器邪，用與舍屬諸人，君子則不然，處心有道，行已有方，用則施諸人，舍則傳諸其徒，垂諸文而爲後世法；如是者，其亦足樂乎，其無足樂也？有志乎古者希矣，志乎古必遺乎今，吾誠樂而悲之，亟稱其人，所以勸之，非敢褒其可褒而貶其可貶也。問於愈者多矣，念生之言不志乎利，聊相爲言之。愈白。

注　釋

①論語子張：「子貢曰，譬之宮牆，夫子之牆數仞，不得其門而入，不見宗廟之美，百官之富。」

②兩於字，用法不同，勝於人，猶言勝乎人，取於人，言為人所取，猶言見取於人也。

③藹如，言之美也。

④禮記曲禮：「儼若思。」鄭注：「儼，矜莊貌。」

⑤戛戛，齟齬不合也。

⑥汩汩，水流貌。

析評

呂居仁云：

退之此書，最見其為文養氣妙處。

樊汝霖云：

自三代以還，陸夷至于江左，斯文掃地，唐興，貞觀開元之盛，終莫能起，至貞元末而公出，於是以六經之文，為諸儒倡，其觀於人也，笑之則心以為喜者，大聲不入於里耳，而不笑不足以為道，此公所以喜，若人人皆見而悅之而譽之，斯亦淺矣，此所以為憂，李漢所謂「時人始而驚，中而笑且排，先生益堅，終而翕然隨以定」者，其此之謂與！王荊公乃云：「力去陳言夸末俗，可憐無補費精神。」好詆之過也，汩汩然來矣，浩乎其沛然者，皇甫持正論業所云：「韓吏部之文，如長江秋注，千里一道。」老蘇上歐陽書亦云：「韓子之文，如長江大河，渾浩流轉。」者是也。

茅坤云：

篇中云仁義之人，其言靄如也，卽此中間又隔許多歲月階級，只因昌黎特因文以見道者，故猶影響，非心中工夫實景所道故也。…………要窺作家為文，必如此立根基，今人乃欲以句字求之，何哉！

錢謙益云：

論文之法，已盡於是，今人執其陳言務去一語，遂至有修辭寧失理之論，試觀昌黎去陳言，乃是初入手工夫，第二步便要辨理之真僞，而務去其僞者，步步進去，方為究竟，王李之徒，認入手為究竟，豈不可笑，況其所修之辭，正昌黎所謂陳言而務去者，則幷其入手而亦非也。

方苞云：

立言之道，在行乎仁義之途，所以能約六經之旨而成文也。

葉世遠云：

公生平刻苦肆力，本期至於古之立言者，因而有見於道，遂居然以傳道自命，然自敘其躬行實踐之功，少有見焉，至自道為文工夫本領，親切有味如此，余嘗謂自秦漢以來，惟公集文章之大成，此篇自寫得力處，尤不可不熟玩也。

倪承茂云：

生以立言為問，故以古之立言者告之，先言古人之用功收效，無欲速見小之思，然後將自己一生學力之勤，與得力之處，逐一細述，末段應轉取於人意，而以樂與悲兩字作收束，以志字作結穴。…………述己之學古，共五層，曰二十年，曰亦有年，曰終其身，皆不望速成也，曰不知非笑，曰笑則喜，譽則憂，皆不誘勢利也，至浩乎沛然，醇而後肆之後，更行仁義，游詩書，而養根加膏之功至矣。

沈德潛云：

以古之立言為期，自道其甘苦，而終之以養氣，究之所以養氣者，行乎仁義之途，游乎詩書之源，與孟子所云養氣異，而未嘗不同也，後蘇明允上歐陽公書，末段全學此處，而生平得力，又自各別。

秦躍龍云：

無望其速成，無誘於勢利，是昌黎為文主意，通篇佈置，從此生出。

姚　鼐云：

此文學莊子。

林有席云：

答崔立之書，見韓子氣骨，此書，見韓子古學，無古學則氣骨雖傲，而無傲具，無氣骨則古學雖真，而無真品，況韓子因文見道，董王後一人，觀其自述立言造古工夫，已盡把金針度人。

張裕釗云：

學莊子而得其沉著精刻者，唯退之此書而已………退之自道所得，字字從精心撰出，故自絕倫。

唐順之云：

此文當看抑揚轉換處，纍纍然如貫珠，其此文之謂乎？

張伯行云：

讀昌黎此書，其於立言之道，本末內外，工夫節候，一一詳悉。公之文起八代之衰，而學者仰之如泰山北斗者，夫豈偶然之故哉！

林雲銘云：

李生以立言問於昌黎，不過欲求其文之工而已，初未嘗必以古之立言為期也。昌黎却就其所問，詰其所志，把求用於人而取於人伎倆置一邊，而以古人立言不朽處，用功取效說過一番，然後把自己一生工夫，層層敘出。其曰二十年、亦有年、終其身等語，是無望速成註腳。其曰不知為非笑，笑則喜，譽則悲等語，是無誘勢利註腳。至得手之後，尤須養氣探本溯源，所謂仁義之人，其言藹如，有自然而然之妙矣！末段以樂悲二意，見得學古立言，必不能蘄用於人而取於人，耐得悲過方期得樂來。原不敢以此加褒貶於其間，使世人必從事乎此，但論其人之志何如耳！此一篇之大旨也。其行文曲折無數，轉換不窮，盡文章之致矣。

林紓云：

昌黎論文書，不多見，生平全力所在，盡在李翊一書。呂居仁亦盛稱此書，為得文中養氣妙處。今味之，良信。自「無望速成，無誘勢利」起，至「其言藹如也」為一段，是取法上，擇術端；到文字結胎後，生出意境，已成正宗文派，然而非易也。自「始者，非三代兩漢之書不敢觀，非聖人之志不敢存」，至「戛戛乎其難哉」又一段。此則論取材，論立志，論用心，論洗伐之功，漸漸入微，雖不見知於人，而用心仍不懈，於是火候至矣。自「識古書之正偽」，至「然後浩乎其沛然矣」又一段，是大丹將成之候，虹光四射，而個中逐一得微妙之訣法，隱隱體驗，無一不合丹經，於是放手為之，無復爐破丹飛之患矣。「吾又懼其雜也」，至「終吾身而已矣」又一段，是七十從心所欲不踰矩工夫。行仁義，游詩書，不是大言，是立言到此地位，自然力臻上流。道之無止境，猶文之無止境。言終身，是昌黎不欺人之語。「氣，水也；言，浮物也。」至「言之長短，聲之高下皆宜」句，此一段，是另起，不是無迷途無絕源後工夫。教人領氣要訣，無妙於是。以下所言，昌黎信己文之成功，不能成功，後之必見知於人，皆平日口頭語，與論文無涉。至與馮宿書，亦非論文，仍是牢騷。小慚小好，大慚大好，說得酸甜自得，非論文之極處，莫得有是語也。古來苦心為文之人，務極張皇幽渺，果一出而人人知之，則尋常不為文者之眼光，皆能窺到天隩，而專心殫慮於古文者，亦何所貴。作者不蘄人之知，是真能古文者語。當日平淮西一碑，果有人知，亦不至易以段作矣。

吳闓生云：

昔歸熙甫論為文之法，謂如兒童放紙鳶，愈放愈高，要在手中線索牢，此文中幅歷敘平生為學之方，一層深一層，卽所謂愈放愈高也，而其行文，則一線穿成，半絲不亂，卽所謂手中線索牢也。

高步瀛云：

養氣之說，發自孟子，論衡自紀篇亦言之。而以氣論文，則始自魏文帝典論論文，其言文以氣為主，遂開後來養氣之功。文心雕龍氣骨篇、顏氏家訓文章篇皆有所闡發，而公言氣盛則言之短長與聲之高下者皆宜，尤為深造自得之言。

莊　適藏勵龢云：

答李翊書為愈論文傑作，生平全力所在，篇中從初學作文起，中間種種經歷種種苦處，直到成功，分四段一一寫出，非過來人不能道，非過來人亦不能領略；末段說終吾身而已矣，是愈牢騷本色。

今案：此篇要旨，在自述立言工夫，此文結構，可分三段，而篇中一段，尤關緊要，中段文字，詳加分析，可別為九層，「非三代兩漢之書不敢觀」，力學讀書，一也，「非聖人之志不敢存」，志期聖賢，二也，「處若忘，行若遺」，沉潛致志，三也，「惟陳言之務去」，求新創造，四也，「然後識古書之正僞」，端正趨向，五也，「當其取於心而注於手也，汩汩然來矣」，「然後浩乎其沛然矣」，學務心得，卓然自立，六也，「迎而距之，平心而察之，其皆醇也，然後肆焉」，糟粕盡去，合於正道，七也，「行之乎仁義之途，游之乎詩書之源」，將養護持，保而勿失，八也，「氣，水也，言，浮物也」，「氣盛，則言之短長與聲之高下者皆宜」，配義養氣，充盛其文，九也。至於此文首段，重在培育根本，勿使傾圮，末段，以樂悲二字，總結全文，蓋以見文章之事，誠有樂有悲，亦特具感慨之意而已。

上張僕射書

九月一日，愈再拜，受牒之明日，在使院中，有小吏持院中故事節目十餘事來示愈，②其中不可者，有自九月至明年二月之終，皆晨入夜歸，非有疾病事故，輒不許出，當時以初受命，不敢言。

古人有言曰，人各有能有不能，若此者，非愈之所能也，抑而行之，必發狂疾，上無以承事於公，忘其將所以報德者，下無以自立，喪失其所以爲心，夫如是，則安得而不言，凡執事之擇於愈者，非爲其能晨入夜歸也，必將有以取之，苟有以取之，雖不晨入而夜歸，其所取者猶在也，下之事上，不一其事，上之使下，不一其事，量力而任之，度才而處之，其所不能，不彊使爲，是故爲下者不獲罪於上，爲上者不得怨於下矣。

孟子有云：「今之諸侯，無大相過者，以其皆好臣其所教，而不好臣其所受教。」③今之時，與孟子之時又加遠矣，皆好其聞命而奔走者，不好其直己而行道者，聞命而奔走者，好利者也，直己而行道者，好義者也，未有好利而愛其君者，未有好義而忘其君者，今之王公大人，惟執事可以聞此言，惟愈於執事也，可以此言進。

愈蒙幸於執事，其所從舊矣，若寬假之，使不失其性，加待之，使足以爲名，寅而入，盡辰而退，申而入，終酉而退，率以爲常，亦不廢事，天下之人，聞執事之於愈如是也，必皆曰：「執事之好士也如此，執事之待士以禮如此，執事之使人不枉其性而能有容如此，執事之欲成人之名如此，執事之厚於故舊如此。」又將曰：「韓愈之識其所歸也如此，韓愈之不詔屈於富貴之人如此，韓愈之賢，能使其主待之以禮如此。」則死於執事之門無悔也，若使隨行而入，言不敢盡其誠，道有所屈於己，天下之人，聞執事之於愈如此，皆曰：「執事之用韓愈，哀其窮收之而已耳，韓愈之事執事，不以道，利之而已耳。」苟如是，雖日受千金之賜，一歲九遷其官，感恩則有之矣，將以稱於天下曰知己，知己則未也，伏惟哀其所不足，矜其愚，不錄其罪，察其辭而垂仁採納焉，愈恐懼再拜。

注釋

①張建封，字本立，貞元四年為徐州刺史，徐泗濠節度使，十二年，加檢校右僕射，愈以十五年二月，為建封辟為節度推官。

②故事節目，猶言條例也。
③見孟子公孫丑下篇。

析評

茅　坤云：

古人有言，曰，道屈於不知己者，而伸於知己，昌黎根氣，自是如此。

張伯行云：

士君子有蘊蓄，姑寄迹於旅進旅退之中，時人未必能識也，如昌黎於張僕射是已。因晨入夜歸一事，大發其胸中磊磊落落，不可一世之氣，欲使僕射知其志在義而不在利，待之以國士而不與庸人為伍耳！其曰「直己行道」，曰「言不敢盡其誠」，道有所屈於己，則公之所蘊蓄，以願効於僕射者，豈與夫隨行逐隊之徒比哉！特其詞氣激昂，如曰死於執事之門無悔云云，未免節俠餘氣，非士君子氣象，學者亦宜知之。

林雲銘云：

晨入夜歸，本非待士之禮，上半段以非己所能說入，分出好利好義流品，下半段句句照應，一氣卷舒，覺風骨稜稜不可狎視，昌黎書有光芒者，當推此第一。

今案：晨入夜歸，本屬細務，而文公力爭其不可者，非故為矯激之情，乃以不諂屈於富貴之人，為立身行道之準則，藉端發揮也，故此文寫得風骨稜稜，氣宇岸然。所謂任賢使能，量力度才，固為通達之義，而引述孟子之言，其於張公，實暗寓諷諫，特其言婉轉不露而已。篇中於「皆曰」以下，連下五句「如此」，「將曰」以下，連下三句「如此」，章法錯綜，筆力雄健，誦之但覺氣勢磅礴，沛然不已。

與于襄陽書

七月三日，將仕郎守國子四門博士韓愈，②謹奉書尚書閣下，士之能享大名，顯當世者，莫不有先達之士，負天下之望者，爲之前焉，士之能垂休光，照後世者，亦莫不有後進之士，負天下之望者，爲之後焉，莫爲之前，雖美而不彰，莫爲之後，雖盛而不傳，是二人者，未始不相須也，然而千百載乃一相遇焉，豈上之人無可援，下之人無可推歟，何其相須之殷，而相遇之疎也，其故在下之人，負其能，不肯諂其上，上之人，負其位，不肯顧其下，故高材多戚戚之窮，盛位無赫赫之光，是二人者之所爲，皆過也，未嘗干之，不可謂上無其人，未嘗求之，不可謂下無其人，愈之誦此言久矣，未嘗敢以聞於人。

側聞閣下抱不世之才，特立而獨行，道方而事實，卷舒不隨乎時，文武唯其所用，豈愈所謂其人哉！抑未聞後進之士，有遇知於左右，獲禮於門下者，豈求之而未得邪？將志存乎立功，而事專乎報主，雖遇其人，未暇禮邪？何其宜聞而久不聞也，愈雖不材，其自處不敢後於恒人，閣下將求之而未得歟，古人有言：「請自隗始。」③

愈今者，惟朝夕芻米僕賃之資是急，不過費閣下一朝之享而足也，如曰：「吾志存乎立功，而事專乎報主，雖遇其人，未暇禮焉。」則非愈之所敢知也，世之齪齪者，④既不足以語之，磊落奇偉之人，又不能聽焉，則信乎命之窮也！謹獻舊所爲文一十八首，如賜覽觀，亦足知其志之所存，愈恐懼再拜。

注釋

①于頔，字允元，貞元十四年，以工部尚書，為山南東道節度使，守襄陽。
②愈上此書，當在貞元十八年秋。
③郭隗，戰國燕人，燕昭王欲求賢士，以報齊仇，隗曰：「欲得賢士，請自隗始。」昭王築台而師事之，於是樂毅鄒衍等果聞風而至。
④齪齪，急促偈狹貌。

析評

謝疊山云：

昌黎作文，專占地步，如人要在高處立，要在平處行，要在闊處坐；下之人，負其能，不肯諂其上，不害為君子；上之人，負其位，不肯顧其下，不免為小人，高材多戚戚之窮，則是君子而安貧賤，盛位無赫赫之光，則是庸人而苟富貴，韓公之所以自處者，可謂高矣。

錢豐寰云：

樓閣重重，似費結構，却又一氣呵成，有建瓴之勢。

茅　坤云：

前半瑰瑋游泳，後半婉戀淒切。

張伯行云：

莫為之前，雖美不彰，莫為之後，雖盛不傳。古今傳誦以為名言。自余論之，以為理固如是。然上之人，當汲汲以求賢；而下之人，不可皇皇以干進，韓公合而言之，不幾長世人奔競之心乎！且上之人所貴汲汲求賢者，固欲與之修德講學，以共成天下之務，守先王之道，以待後之學者，但非藉後進之士，為之後以傳其盛，而使之垂休光，照後世已也。苟以是而為心，則求賢之念，固己出於一己之私，而非聖賢正誼明道之旨矣！然則公之講此言者，不知其何所本，而欲人知其志之所存者，又不知其果何志也，姑存其文而論之如此。

林雲銘云：

玩芻米僕賃之資是急等句，乃昌黎處窮之時，求襄陽之顧恤，即答李翺書所謂日求于人，以度時月之説，非如上宰相諸書望其薦拔者也。但丐貸之言，最易涉於猥鄙，是書以先達後進相資為用二意平提，占却許多地步。因側入襄陽，負天下之望，必應得士，聳動一番，隨引郭隗自請之語，明己得入襄陽之門，可為修羅國士之階，則自薦不嫌於責弄。末以不聽所請，反收上文不曰負其位，不肯顧其下，乃曰志存乎立功，事專乎報主，徒自嘆命之窮，則失望亦不流於輕薄。看來無限瀠迴曲折，只成得一片文字，可謂善於丐貸者矣！無奈其中句法，為八股制藝，沿習濫用，竟成惡套，讀者當細味其斡旋之妙，可也。

吳楚材吳調侯云：

前半幅只是泛論，下半幅方入正文，前半凡作六轉，筆如弄丸，無一字一意板實，後半又作九轉，極其悽愴，堪為動色，通篇措詞立意，不亢不卑，文情絕妙。

今案：求人薦拔之書，要在入情合理，不卑不亢，詞意之間，務令怨而不怒，婉而不晦，斯為得體，就文章論，此篇先以「負天下之望者」許于公，以「負天下之望者」自期許，相對成文，中以「上之上」與「下之人」相對成文，末以「世之齪齪者」與「磊落奇偉之人」，相對成文，法度整嚴，抑揚有致，的是佳構，然而求助於顯宦，雖時作壯語，究不免流露可憐之意也。

應科目時與人書

月日，愈再拜：天池之濱，②大江之濆，③曰有怪物焉，蓋非常鱗凡介之品彙匹儔也。④其得水，變化風雨，上下于天，不難也；其不及水，蓋尋常尺寸之間耳，無高山大陵曠途絕險爲之關隔也，然其窮涸不能自致乎水，爲猵獺之笑者，⑤蓋十八九矣。

如有力者哀其窮而運轉之，蓋一舉手一投足之勞也；然是物也，負其異於衆也，且曰：爛死於沙泥，吾寧樂之，若俛首帖耳，搖尾而乞憐者，非我之志也。是以有力者遇之，熟視之若無覩也，其死其生，固不可知也。

今又有有力者當其前矣，聊試仰首一鳴號焉，庸詎知有力者不哀其窮而忘一舉手一投足之勞而轉之清波乎！其哀之，命也，其不哀之，命也，知其在命而且鳴號之者，亦命也。

愈今者實有類於是，是以忘其疏愚之罪，而有是說焉。閣下其亦憐察之！

注釋

①應科目時，卽德宗貞元九年應吏部博學宏詞之試也。

②莊子逍遙遊：「南冥者，天池也。」

③說文：「濆，水涯也。」

④品彙匹儔，皆類也。

⑤說文：「獺，如小狗，水居，食魚。」獱，小獺也。

析評

林雲銘云：

一篇譬喻到底，末只點出自己一句，人以為布局之奇，而不知應科目時與人之書，分明衒玉求售，與鑽營囑托，相去幾何！不得不自占地步，若不借喻，恐涉誇詡，況篇中所謂搖尾乞憐，罵盡前此應舉之徒，營求卑屈如狗之依人。所謂熟視無覩，罵盡前此主試諸公，黑白混淆，如盲之辨色矣，豈不以輕薄取罪乎？按公應科目，四擧而後成進士，卞和之璞，被刖數獻，其心甚苦，且恐落筆必有許多干碍，故出乎此，非以譬喻見奇也。或作與韋舍人，當是貞元九年應博學宏詞之書。蓋博學宏詞，亦算科目，其去取權在中書，玩「不及水在尋常尺寸間」句便知，前人亦有評之者矣。

錢豐褒云：

僅僅二百六十餘字，而驚湍怒濤，安瀾縈流，雜出其間，洞庭岳陽之勝，亦止是耳。

顧迴瀾云：

轉常為奇，回俗入雅，縱橫出沒，圓融不滯，唐之文，宛然為一王法，此書乃其極也。

吳楚材吳調侯云：

此貞元九年宏詞試也。無端突能譬喻，不必有其事，亦不必有其理，却作無數曲折，無數奇峰，奇極妙極。

錢基博云：

戰國策士遊說，遇不能竟言之人，於不能竟言之事，往往突設一喻，多方曉譬，而正意止入後瞥然一見，自然不言而喻。而愈應科目時與人書、為人求薦書及答陳商書，皆傚其體。為人求薦書，以「匠石」、「伯樂」稱於人，則己之非「不材」、「下乘」可知；陽若嚮人頌諛，陰以自估身分。惟託人宇下，攀援姻親，不免搖首乞憐之意；不如應科目時與人書之筆力，一出一入，劃然軒昂也。應科目時與人書，筆臻渾化，能以沈鬱頓挫，泯盡鋪張排比之迹；曰「有怪物焉」者，士也；其「得水」，「其不及水」者，窮達也；「有力」者，與書之人，可以援引者也。前半劈柱三意；而入後作珠簾倒捲式呼應；「其哀之，命也」，緊頂「庸詎知有力者不哀其窮」，「其不哀之，命也」，炤映「有力者遇之，熟視之若無覩」；「知其在命而且鳴號」，則又斡旋「寧爛死沙泥」而不乞憐，要之「亦命也」，以見己之窮達亦有命存焉，而非真屑屑於乞憐。干請之中，不失兀傲之意；難於措辭，則託物為喻；此詩人比興之遺也。

莊適臧勵龢云：

應科目時與人書，劈空而來，就譬喻作起，不必有其事，亦不必有其理，卻翻作無數曲折，的是奇文妙文。

今案：末段「愈今者實有類於是」以下，全部删却，則係一篇絕佳寓言，雖置諸莊列之中，未必遜色，而義亦自顯，文當益為得體也。

答劉正夫書

愈白進士劉君足下：辱牋教以所不及，既荷厚賜，且愧其誠然，幸甚！幸甚！凡舉進士者，於先進之門，何所不往，先進之於後輩，苟見其至，寧可以不答其意邪？來者則接之，舉城士大夫，莫不皆然；而愈不幸，獨有接後輩名，名之所存，謗之所歸也。

有來問者，不敢不以誠答。或問：「爲文宜何師？」必謹對曰：「宜師古聖賢人。」曰：「古聖賢人所爲書具存，辭皆不同，宜何師？」必謹對曰：「師其意，不師其辭。」又問曰「文宜易宜難？」必謹對曰：「無難易，惟其是〔爾如是〕而已矣。」非固開其爲此，而禁其爲彼也。夫百物朝夕所見者，人皆不注視也，及覩其異者，則共觀而言之，夫文豈異於是乎！漢朝人莫不能爲文，獨司馬相如太史公劉向揚雄爲之最；然則用功深者，其收名也遠，若皆與世沈浮，不自樹立，雖不爲當時所怪，亦必無後世之傳也。足下家中百物，皆賴而用也，然其所珍愛者，必非常物，夫君子之於文，豈異於是乎！今後進之爲文，能深探而力取之，以古聖賢人爲法者，雖未必皆是，要若有司馬相如太史公劉向揚雄之徒出，必自於此，不自於循常之徒也。若聖人之道，不用文則已，用則必尚其能者；能者非他，能自樹立不因循者是也。有文字來，誰不爲文，然其存於今者，必其能者也，顧常以此爲說耳。

愈於足下，忝同道而先進者，②又常從遊於賢尊給事，③既辱厚賜，又安得不進其所有以爲答也；足下以爲何如？愈白。

注釋

①正夫，或作巖夫，為劉伯芻第三子，以元和十年登進士第。

②論語先進：「子曰，先進於禮樂，野人也，後進於禮樂，君子也。」

③劉伯芻，字素芝，有三子，寬夫、端夫、巖夫，給事，官名。

評析

李習之云：

天下之語文章，其愛難者，則曰文章宜深而不當易，其愛易者，則曰文章宜通不當難，此皆偏滯而不流，未識文章之所主也。

又云：

義雖深，理雖當，辭不工者，不成文，宜不能傳也，文理義三者兼，乃能傳立於一時而不泯滅於後代，能必傳也，仲尼曰，言之不文，傳之不遠。

沈德潛云：

師古聖賢人，師其意，惟其是三層，郎是立異，立異郎是能自樹立者，作文要領，拈出示人，不似後人但云鴛鴦繡出從君看也。……………不師古聖賢人，雷同勦說而已，如何能自樹立，近人將師古與立異，看作兩層，所以詭幻百出，文品日下。

張伯行云：

此篇論文是昌黎公登峯造極之旨，曰「師其意不師其辭」，曰「無難易惟其是」，曰「用功深者其收名也遠」，曰「能者非他，能自樹立不因循者是也」，為文本領，何其切至，公可謂文中之聖矣！特其一生精神專用於文，而以司馬相如輩為標準，故後之儒者不無遺憾云。

李光地云：

宋人謂程伊川，三代以下，凡事必求其是者，伊川一人而已，伊川之門，上蔡謝氏，則以求是二字為窮理之要，公此篇，以求是論文，噫，此其所以獨出於諸家歟。

張裕釗云：

文固貴健勁，然須寓機趣於其中，乃覺奇妙雋永，不然，則使人讀之無餘味，不足貴也，以此意求之退之之文，無不皆然。

儲　欣云：

此書是立言宗旨，答李翊是用工級次，答馮宿是著書究竟，要歸本於能自樹立，不因循，如其級次而造之。

錢基博云：

答劉正夫書，不出答李翊書所謂「無望其速成，無誘於勢利」。曰「用功深者其收名也遠」，「無望其速成」也。曰「能自樹立，不因循」，「無誘於勢利」也。特以沈鬱出頓挫，寓深慨於雄鷙，而得太史公之筆，與答李翊之為孟子者不同。答李之書，調適而啚遂；答劉之筆，生拗而遲重；然跌宕昭彰，一也。

莊　適臧勵龢云：

答劉正夫書，以求是論文，議論中正之中，時時有奇氣流露。

今案：韓公此篇論文，宗旨不外有二，以摹擬始，而以創作終也，書中所謂「宜師古聖賢人」，「師其意不師其辭」，皆倣效則法之事也，所謂「覩其異者，則共觀而言之」，「能自樹立，不因循者是也」，皆創造製作之事也，至於「用功深者，其收名也遠」，則「深探力取」，用功致力之途也，唯其取法乎上，故「以古聖賢人為法」，唯其特立獨行，不諧於俗，故雖易「為當時所怪」，而亦能為「後世之傳也。」

答陳商書

愈白：辱惠書，語高而旨深，三四讀尚不能通曉，茫然增愧赧；又不以其淺弊無過人知識，且喻以所守，幸甚！愈敢不吐情實。然自識其不足補吾子所須也。

齊王好竽，②有求仕於齊者，操瑟而往，③立王之門，三年不得入，叱曰：「吾瑟鼓之，能使鬼神上下，吾鼓瑟，合軒轅氏之律呂。④」客罵之曰：「王好竽，而子鼓瑟，雖工，如王不好何？」是所謂工於瑟而不工於求齊也。

今舉進士於此世，求祿利行道於此世，而為文必使一世人不好，得無與操瑟立齊門者比歟？文雖工，不利於求，求不得，則怒且怨，不知君子必爾為不也？故區區之心，⑤每有來訪者，皆有意於不肖者也。略不辭讓，遂盡言之，惟吾子諒察！愈白。

注釋

①陳商，字述聖，文公為國子先生時，商未第，以文求益，文公以此文答之，後元和九年，

商登進士。

②竽、笙類，三十六簧，韓非子内儲説上，記齊宣王使人吹竽事。

③瑟、琴類，二十五絃。

④黃帝命伶倫取竹，斷兩節吹之，以為黃鐘之宮，又制十二箫，以象鳳凰之鳴，而制十二律，陰陽各六，陽為律，陰為呂。

⑤區區，小貌。

析評

胡思泉云：

以明理之文，而求仕於當世，不投時好，如操瑟而立於齊門，不能投合齊王之好竽，然君子之所守，斷不因時而為之遷就，故知韓公之談，誠為見道之語。

顧廻瀾云：

好作奇語，自是一種才料，但當以理為主，理得而辭順，文章自然出羣拔萃，觀韓昌黎答陳商書，蜿曲而奇，不待繩削而自合矣。

張裕釗云：

似國策，得其機趣，而無劍拔弩張之態，修辭亦文事之最要，如此等文，固是意奇，其辭尤足以副之也。………昌黎書諸短篇，道古而波折，自然簡峻，而規模自宏，最有法度，轉換變化處更多，學韓者宜從此等入。

林雲銘云：

按陳商，字述聖，陳宣帝五世孫，登元和九年進士，官秘書監，唐志有集十七卷。李長吉作詩贈之云：「學為堯舜文，時人責衰偶。」以長吉之荒誕險怪，猶言其如此，則其文不為時人所好可知。昌黎自言為文，怪怪奇奇，得其來書，三四讀，尚不能通曉，想其當日欲求勝人，因有此一種艱深文字也。篇中以操瑟齊門為喻，立意最深，如言能使鬼神上下也，乃鬼神無形與聲，其上下是誰聞見？如言合軒轅氏之律呂也，乃軒轅世代荒遠，其律呂何處比方？猶俗所謂沒處討照會，自家瞞自家。寫得好奇好勝之人，異樣好笑。然與馮宿論文，以不求知為貴，此又以人不好為病，語似有異；但此提出求利祿行道于斯世，本與馮宿欲為古人之文不同。蓋唐人既成進士之後，高位顯秩，亦無不以文章，由吏部而進，觀張童子序便知。不比近世偶中制科，便束書不讀，連家書數行亦草不就也。世人認作專教陳商應擧，誤矣！

莊

適藏勵龢云：

答陳商書，言為文必使一世人不好，不利於求，雖為勸商，亦為己寫照。

今案：陳商之書，文公讀之三四，尚不能通曉，則其為文，險峭艱澀，從可知矣，故乃假借譬喻，以謂所操者茍不當於所求，則雖自以高擧，奈何其不能相合，又焉能相得哉？文末復規以自反自省，則其意甚微而詞極宛轉矣。

答呂毉山人書

愈白：惠書責以不能如信陵執轡者，夫信陵戰國公子，欲以取士聲勢傾天下而然耳，如僕者，自度若世無孔子，不當在弟子之列。以吾子始自山出，有朴茂之美意，恐未礱磨以世事，②又自周後文弊，③百子爲書，各自名家，亂聖人之宗，後生習傳，雜而不貫，故設問以觀吾子；其已成熟乎，將以爲友也，其未成熟乎，將以講去其非而趨是耳，不如六國公子有市於道者也。

方今天下入仕，惟以進士明經及卿大夫之世耳，④其人率皆習熟時俗，工於語言，識形勢，善候人主意；故天下靡靡，日入於衰壞，恐不復振起，務欲進足下趨死不顧利害去就之人於朝以爭救之耳，非謂當今公卿間無足下輩文學知識也。不得以信陵比！

然足下衣破衣，繫麻鞋，率然叩吾門，⑤吾待足下，雖未盡賓主之道，不可謂無意者。足下行天下，得此於人蓋寡，乃遂能責不足於我，此眞僕所汲汲求者；議雖未中節，其不肯阿曲以事人者，灼灼明矣。方將坐足下三浴而三熏之，⑥聽僕之所爲，少安無躁！愈頓首。

注釋

①山人之稱，盛於唐代，呂䀚山人，未詳何許人。

②礱，磨也。

③史記高祖本紀：「夏之政忠，忠之敝，小人以野，故殷人承之以敬，敬之敝，小人以鬼，故周人承之以文，文之敝，小人以僿。」

④進士、明經，皆唐代取士之科名。卿大夫之世，指恩蔭言。

⑤率然，輕遽之意。

⑥國語齊語：「魯莊公將殺管仲，齊使者請曰，寡君欲以親為戮，請生之，於是莊公使束縛以予齊使，齊使受之而退，比至，三薰三浴之。」

析評

張伯行云：

公以師道接引後進，而山人不知，以為欲借賓客以為重，故以信陵執轡責公，亦可謂愚且妄矣！公自明其意以答之，詞旨峻厲中，仍是一片惓惓接引之意，此公之所以不可及也。

林雲銘云：

昌黎倡明絕學，以師道自任者也。呂毉乃以貧賤驕人，欲令如信陵執轡，自是不識高低的癡狂子，但較諸習熟時俗，工於巧言輩，猶有樸茂美意存焉。昌黎先把信陵作用提破，因高自位置，見得設問之意，皆欲曲成後學，與以聲勢傾天下者迥別，則毉之儗人非倫可見矣！中言毉可進於朝處，不在文學知識。末言毉過責於己處，正堪三浴三薰，全在不得師書中，已講去其非，而趨是矣！筆致横絕，如怒馬不可羈紲，煞是難得。

曾國藩云：

絕傲兀自負。

張裕釗云：

此文出入生殺，擒縱抑揚，變化不可方物，可謂極文章之能事矣…………筆力似孟子，

沈德潛云：

機趣似國策，自是高文。

或擒或縱，末段卽以責己者卜其立朝氣節，眼界不同，總欲裁山人之狂簡，而進以道也。

吳汝綸云：

此篇似諫獵書。

吳闓生云：

結末筆勢，尤為傲兀，曾文正謂，退之文如堂上人與堂下奴子言是非，殆指此類歟。

高步瀛云：

此等文最能增人筆力，然不善學之，易流為客氣，亦不可不知。

莊　適臧勵龢云：

答呂醫山人書，山人誤認愈欲借賓客以自重，故將信陵執轡責愈，愈自明其意答之，說得與信陵局面心事，天地懸隔，糾正山人之狂狷，不沒山人的質樸，是深情厚道之文。

今案：文公此篇，入手先破山人立論之非，繼之則將己意乘勢揭出，傲岸之姿，深自期許，復能不沒山人樸茂之美意，是以文雖淩厲，詞則醇厚，情雖切直，義則正大，要非純以峭刻為奇為勝者也。

送孟東野序

大凡物不得其平則鳴。草木之無聲，風撓之鳴。其躍也，或激之；其趨也，或梗之；其沸也，或炙之。金石之無聲，或擊之鳴。人之於言也亦然，有不得已者而后言，其歌也有思，其哭也有懷，凡出乎口而爲聲者，其皆有弗平者乎。①

樂也者，鬱於中而泄於外者也，擇其善鳴者而假之鳴；金石絲竹匏土革木八者，②物之善鳴者也。維天之於時也亦然，擇其善鳴者而假之鳴；是故以鳥鳴春，以雷鳴夏，以蟲鳴秋，以風鳴冬，四時之相推敓，其必有不得其平者乎。其於人也亦然，人聲之精者爲言，文辭之於言，又其精也，尤擇其善鳴者而假之鳴。③

其在唐虞，咎陶禹，其善鳴者也，而假以鳴。夔弗能以文辭鳴，又自假於韶以鳴。④夏之時，五子以其歌鳴。⑤伊尹鳴殷。周公鳴周。凡載於詩書六藝，皆鳴之善者也。周之衰，孔子之徒鳴之，其聲大而遠，傳曰：「天將以夫子爲木鐸。」⑥其弗信矣乎。其末也，莊周以其荒唐之辭鳴。⑦楚，大國也，其亡也，以屈原鳴。臧孫辰孟軻荀卿，⑧以道鳴者也。楊朱墨翟管夷吾晏嬰老聃申不害韓非眘到田駢鄒衍尸佼孫武張儀蘇秦之屬，⑨皆以其術鳴。秦之興，李斯鳴之。漢之時，司馬遷相如揚雄，最其善鳴者也。其下魏晉氏，鳴者不及於古，然亦未嘗絕也；就其善者，⑩其聲清以浮，其節數以急，其辭淫以哀，其志弛以肆，其為言也，亂雜而無章，將天醜其德，莫之顧邪？何為乎不鳴其善鳴者也？

唐之有天下，陳子昂蘇源明元結李白杜甫李觀，⑪皆以其所能鳴。其存而在下者，孟郊東野，始以其詩鳴，其高出魏晉，不懈而及於古，其他浸淫乎漢氏矣。從吾遊者，李翺張籍其尤也。三子者之鳴信善矣，抑不知天將和其聲而使鳴國家之盛邪？抑將窮餓其身，思愁其心腸，而使自鳴其不幸邪？三子者之命則懸乎天矣。其在上也奚以喜，其在下也奚以悲，東野之役於江南也，⑫有若不釋然者，故吾道其命於天者以解之。

注釋

①撓，擾也。

②金，鐘之屬。石，磬之屬。絲，琴瑟之屬。竹，簫管之。匏，笙之屬。土，塤之屬。革，鼓之屬。木，柷敔之屬。此謂八音。

③敓，古奪字。推奪，推移也。

④夔，舜之樂官，韶，舜之樂也。

⑤夏帝太康失德，其弟五人，作歌以諷之，尚書有五子之歌篇。

⑥語見論語八佾篇。

⑦莊子天下：「以謬悠之說，荒唐之言，無端崖之辭，時恣縱而不儻。」

⑧臧孫辰，即臧文仲，魯大夫。

⑨眘，古慎字，眘到，即慎到也。田駢，齊人，鄒衍，燕人，皆善談辯。尸佼，魯人，商君師之。

⑩善下，或有鳴字。

⑪蘇源明，字弱夫，工文辭。李觀，字元賓，為文不蹈襲前人。

⑫孟郊時將為江蘇溧陽尉。

析　評

謝疊山云：

此篇凡六百二十七字，鳴字三十九，讀者不覺其繁，何也，句法變化，凡二十九樣，有頓挫，有升降，有起伏，有抑揚，如層峯疊巒，如驚濤怒浪，無一句怠慢，無一字塵埃，愈讀愈可愛。

李性學云：

退之送孟東野序，以一鳴字，發出許多議論，自周禮梓人為筍簴來。

趙南塘云：

凡有懷而欲吐者，皆為不得其平，非必有所憤激也。

湯東澗云：

此篇謂凡形之于聲者，皆不得已，於不得已之中，又有善不善者焉，所謂善者，又有幸不幸之分，則係乎天也。

唐順之云：

此篇文字錯綜，立論乃爾奇，則筆力固不可測也。

茅　坤云：

一鳴字成文，乃獨得機軸，命世筆力也，前此唯漢書敍蕭何追韓信，用數十亡字。

錢豐寰云：

從許多物許多人，奇奇怪怪，繁繁雜雜說來，無非要顯出孟郊以詩善鳴，至于末一段，吁嗟咏嘆，有不盡之意，語文之變幻者，無過此作。

顧迴瀾云：

此篇將牽合入天成，乃是筆力神巧，與毛穎傳同，而雄邁過之。

儲　欣云：

直是論說古今詩文，寫得如許靈變，通篇數十鳴字，如廻風舞雪，後人仿之，輒纖俗可憎，其靈蠢異也。

金聖歎云：

拉雜散漫，不作起，不作落，不作主，不作賓，只用一鳴字，跳躍到底，如龍之變化屈伸於天，更不能以逐鱗逐爪觀之。

汪武曹云：

或謂此文，其源自周禮梓人為筍簴來，予按，梓人章以脰鳴者，以注鳴者，以旁鳴者，以翼鳴者，以股鳴者，以胸鳴者，雖連下六鳴字，然只是一樣句法，此文奇變莫測，豈其取法乎，彼蓋此篇實韓公獨創此機軸，信為絕世奇文，然學之却似易起厭。

浦二田云：

東野官下僚，韓子標表其詩辭，直躋之古作者，以此導其先路，不為質語游揚，正是絕色游揚也，以一鳴字作骨，以一善字作低昂，其手法變化，在鳴字，其線索抽牽，却在善字。

何　焯云：

句法雖似考工，然波瀾要似莊子。

劉大櫆云：

雄奇創闢，橫絕古今。

張裕釗云：

儀禮之細謹，考工之峭宕，惟此與畫記，與之相肖。

林雲銘云：

按昌黎少時，夢人以丹篆一卷，強呑之，傍有一人拊掌而笑，覺後胸中如有物下咽，自是文章日麗。後見孟郊，乃夢中傍笑者，是兩人文詞皆本天授，為最得意之友，而是篇為最得意之文也。其大意以為千古文章，雖出於人，却都是天之現身，不過借人聲口發出，猶人之作樂，借樂器而傳，非樂器自能傳也。故凡人之有言，皆非無故而言，其胸中必有不能已者。這不能已，便是不得其平，為天所假處。篇中從物聲說到人言，從人言說到文辭，從歷代說到唐朝，總以天假善鳴一語作骨，把箇千古能文的才人看得異樣鄭重，然後落入東野身上，盛稱其詩與歷代相較一番，知其為天所假，自當聽天所命。又扯李翺張籍二人伴說，用從吾遊三字，連自己插入其中，自命不小，以此視人之得失升沉，宜不足以入其胸次也，語語悲壯。俗眼錯認不平二字，為不得用扼腕，何啻千里。獨不思篇中言皋陶、言禹、言夔、言伊尹、言周公，皆稱其鳴之善，其不平處，豈亦為不得用而然乎？即末段說入東野身上，亦以鳴國家之盛，與自鳴不幸兩意相敲，原未嘗料定東野一生必得用到底也，安得以授？囫圇讀熟，噫！鷄與之言天，蛙與之言海，不蹈失言之過乎？今世俗愬寃者，動謂之不平之鳴，尤謬妄可笑。

吳楚材吳調侯云：

此文得之悲歌慷慨者為多，謂凡形之聲者皆不得已。于不得已中又有善不善；所謂善者又有幸不幸之分，只是從一鳴中發出許多議論。句法變換，凡二十九樣，如龍變化，屈伸於天，更不能逐鱗逐爪觀之。

林紓云：

送孟東野序最岸異。然可謂之格奇而調變，不能謂為有道理之文。舉禹、咎陶、伊尹、周公、孔子、孟軻、荀卿、與蟲鳥同聲，令人斷無比等文膽，而昌黎公然出之自在游行者。段落分得清楚，則人與物所據之界限，自然不紊。若不變其調，亦積疊如纍棋，未有不至於顛墜者。人但見以鳴字，驅駕全篇，不知中間只人物分疏而已。入手是說物，由物遂轉及人，由人而寓感於物。因思天不能鳴，亦假氣假物以鳴，猶之人耳，故由天復歸到人之本位。自「唐虞」句起，直至於「唐之有天下，陳子昂、蘇源明、元結、李白、杜甫、李觀，皆以所能鳴，」作一停蓄。然後振起存而在下者，孟郊東野始以其詩鳴，似有千觔力量。用一語力支以上無數之陪客，讀者無不奪氣結舌，以為得未曾有。不知亦少有弊病，猝讀之不能卽覺，須知以上所鳴者，或以道，或以術，或以文，初未及詩。陳子昂諸人，正以詩鳴者也。此數人既以詩名，則說到東野，不應用一始字。雖昌黎狡獪，將陳子昂諸人所鳴者，抹去詩字，代以能字，是急救之法，終竟好奇者不能有圓足之道理。及思出能字，固費心血不少，然工夫則在用一存字，見得死者皆能詩之徒。而存而在下者，能詩只有一東野。始字對在下說，亦可敷衍得去。昌黎以後，學者孔多，均屬數見不鮮，學古人當取契神髓，不惟襲其風貌。如此等體，仿傚至難，置之不學可也。

錢基博云：

送孟東野序，送高閑上人序，憑空發論，妙遠不測，如入漢武帝建章宮、隋煬帝迷樓，千門萬戶，不知所出；而正事正意，止瞥然一見，在空際蕩漾，恍若大海中日影，空中雷聲，此莊子內外篇、逍遙遊、秋水章法也。送孟東野序，以「命於天」者為柱意，而多方取譬，細大不捐，疊以「鳴」字點眼，學周官考工記梓人章法；然離合斷續，波瀾要似莊子：「荒唐之言，無端崖之辭」，迷離惝恍。只是問天將使「鳴國家之盛」，將使「自鳴其不幸」；而於東野則「奚喜」「奚悲」。「在上」「在下」，自繫國家之盛衰，愈寫得東野無干，愈抬高東野身分；而今「存而在下」，以覘國家之衰，意在言外，妙能含茹。以此知文有文心，有文眼。「命於天者」，文心也；疊用「鳴」字，點眼也。

莊適臧勵龢云：

以序贈人，始於唐初，愈集中贈序雖不若銘誌之多，然亦不少，無一不有身世之慨，而結構無一相同；序非論，乃句句是論；造句斂，製局變，是愈最擅長者。送孟東野序乃一篇慷慨悲歌之文字；謂形之聲者多不得已，不得已中，又有善不善，所謂善者，又有幸不幸，只是從一鳴中發出許多議論；句法變換，凡二十九樣，可謂格奇調變；但此等體倣效極難。

今案：此篇起句突兀，而「不平」二字，自是一篇線索，至其全篇結構，則用陪襯之法，先自橫面烘托，歷敘草、木、風、水、金、石、絲、竹等無生之物，以及鳥蟲等有生之物，以襯出「人」字。再自縱面烘托，歷敘咎陶大禹，伊尹周公，莊周屈原，楊朱墨翟，沿波而下，以迄李白杜甫等人，然後襯出孟郊東野，方始點出重心，更以李翺張籍作伴，以「從吾遊者」，自佔身分，經營至此，大功方成，末則歸本於「天」，以明盛衰由天，得失由命，幸與不幸，不足憂喜，引出題旨，以見安時順天之意焉。

送齊皞下第序

古之所謂公無私者，其取捨進退，無擇於親疎遠邇，惟其宜可焉，其下之視上也，亦惟視其舉黜之當否，不以親疎遠邇，疑乎其上之人，故上之人行志擇誼，坦乎其無憂於下也，下之人剋己愼行，確乎其無惑於上也，是故爲君不勞，而爲臣甚易，見一善焉，可得詳而舉也，見一不善焉，可得明而去也。

及道之衰，上下交疑，於是乎舉讎舉子之事，載之傳中而稱美之，②而謂之忠，見一善焉，若親與邇，不敢舉也，見一不善焉，若疏與遠，不敢去也，衆之所同好焉，矯而黜之，乃公也，衆之所同惡焉，激而舉之，乃忠也，於是乎有違心之行，有怫志之言，有內媿之名，若然者，俗所謂良有司也，膚受之訴，不行於君，③巧言之誣，不起於人矣，烏虖，今之君天下者，不亦勞乎，爲有司者，不亦難乎，爲人嚮道者，不亦勤乎。

是故端居而念焉，非君人者之過也，則曰有司焉，則非有司之過也，則曰今舉天下人焉，則非今舉天下人之過也，蓋其漸有因，其本有根，生於私其親，成於私其身，以己之不直，而謂人皆然，其植之也固久，其除之也實難，非百年必世，不可得而化也，非知命不惑，④不可得而改也，已矣乎，其終能復古乎。

若高陽齊生者，⑤其起予者乎，齊生之兄，爲時名相，出藩於南，朝之碩臣，皆其舊交，齊生舉進士，有司用是連枉齊生，⑥齊生不以云，乃曰：「我之未至也，有司其枉我哉，我將利吾器而俟其時耳。」抱負其業，東歸於家，吾觀於人，有不得志，則非其上者衆矣，亦莫計其身之短長也，若齊生者，既至矣，而曰我未也，不以閔於有司，其不亦鮮乎哉！吾用是知齊生後日，誠良有司也，能復古者也，公無私者也，知命不惑者也。

注釋

①齊皞，其兄齊映，為當時名相。齊皞後於貞元十一年登第，此文當作於貞元七年。

②左傳襄公三年記祁奚請老，晉侯問嗣，稱解狐，其讎也，將立之而卒，又問焉，稱祁午，其子也。

③論語顏淵：「子曰，浸潤之譖，膚受之愬，不行焉，可謂明矣。」朱注：「膚受，謂肌膚所受利害切身。」

④論語為政：「四十而不惑，五十而知天命。」

⑤高陽、唐縣名，在今河北清苑縣。

⑥枉，屈而不伸也。

析評

唐順之云：

何等造語。

沈德潛云：

送齊生下第，故力言避嫌之私，其實唐代取人不盡然也，文之輕快流美，最利舉業，而於韓文中為平調。

茅　坤云：

大略己嫉時之論，而入齊生纔數語，只看他操縱如意處。

張伯行云：

凡人避嫌者皆內不足也，知其材之可舉，以大臣子弟為嫌，而故枉之，庸非私乎！齊生不愠，其志可尚，故韓公許之。

何焯云：

左國之文，最為雄直。

儲欣云：

齊生以避嫌見枉，故此序極言避嫌之非古，末又說齊生之不怨其枉，以歸美齊生，結處到捲，靈矯獨絕。

林雲銘云：

是篇以公私二字，分出世道之盛衰，又深惟其所以致此之故，以見古道之必不可復，層層推勘，曲盡世情，末盛贊齊生之難得，總收上文，公少年筆力，卽周匝如此，豈可多得。

林紓云：

皞下第序，篇法，字法、筆法，如神龍變化，東雲出鱗，西雲露爪，不可方物。讀之不已，則心思一縷，亦將隨昌黎筆端旋繞曲折，造於幽眇之地矣。按齊皞為宰相齊映弟，映兄弟六人；曰昭，曰敃，曰映，曰皞，曰照，曰㽷。登科記，皞實於貞元十一年登第，此序當在貞元七年，齊映為江西觀察使時。故云出藩於南，而皥亦適於是年下第。序中定局頗難。皥既非貧賤見抑於朝官，特有司引嫌黜免，與劉蕡諸人不同。若為不平語，則措詞近於諂附宰相；若為慰藉語，則又失昌黎平日憤時疾俗之口吻。故劈頭拈一公字立案，目下用一可字定案。視舉黜之當否，卽是可；不以親疏遠邇疑，卽是公。其下可得詳而舉，可得明而去，將兩可字點清，見得非公不可，此治之所以成古也。道衰，卽是去古遠，此間應私字正面，與公字反對矣。然如此說來，又覺直致。文中將舉仇舉子，凌空提起，作公字正面說話，卽為私字對面映發。於是有司學舉仇舉子之公，而不成，反存不敢舉不敢去之心而成誤。有司自問黜齊皥，是公無私，而自昌黎眼中觀之，直是一團私心，初無公理。違心之行，怫志之言，內媿之名，種種流弊，仍稱曰良有司，直是俗之良有司，非古之良有司矣。又患良字說不透，抹不倒，底下足成二語。言訴不行，誣不起，可見是同流合汙之良，非無擇親疏遠邇之良，可謂極力罵煞。文至此，轉旋已無餘地。在勢宜急入齊皥所以下第之故，而忽作詠歎語，推闡源頭。謂諸人皆無過，過在一私字，惟其久私，所以成俗，斬釘截鐵，下一斷語曰，以己之不直，而謂人皆然。如此牢固之陋俗，萬無可救。只有知命不惑，用自排遣，明明是臨別贈言，落到齊生身上矣。而又掉轉古字，與起筆相關照，謂終不能復古，則生之下第，又何所恨耶。以下敘齊生語，均是知命不惑語。結穴三句，應上復古意，公無私意，知命不惑意，此文之常調，初無奇異。奇處在頓處有字外出力之能，起處有匪夷所思之筆。通篇關合照應，無一處疏懈，所以為佳。

今案：夫人心之微，趨向難知，故公私之際，亦難言矣，人之情偽，有為公者，有為私者，有似為公而實為私者，有似為私而實為公者，其間取捨萬端，變化不一，然則，又何從而定人之公私情偽哉？甚矣，人心之難知也矣。此文自公私之判，層層推勘，引入根源，固能曲盡世情，而深悟人生之得失者也。

送李愿歸盤谷序

太行之陽有盤谷，盤谷之間，泉甘而土肥，草木叢茂，居民鮮少。或曰：「謂其環兩山之間，故曰盤。」或曰：「是谷也，宅幽而勢阻，隱者之所盤旋。」友人李愿居之。

愿之言曰：「人之稱大丈夫者，我知之矣，利澤施于人，名聲昭于時；坐于廟朝，進退百官，而佐天子出令；其在外，則樹旗旄，羅弓矢，武夫前呵，從者塞途，供給之人，各執其物，夾道而疾馳；喜有賞，怒有刑；才畯滿前，道古今而譽盛德，入耳而不煩；曲眉豐頰，清聲而便體，秀外而惠中，飄輕裾，翳長袖，粉白黛綠者，列屋而閑居，妬寵而負恃，爭妍而取憐，大丈夫之遇知於天子，用力於當世者之所為也，吾非惡此而逃之，是有命焉，不可幸而致也。窮居而野處，升高而望遠，坐茂樹以終日，濯清泉以自潔，採於山，美可茹，釣於水，鮮可食，起居無時，惟適之安；與其有譽於前，孰若無毀於其後，與其有樂於身，孰若無憂於其心；車服不維，②刀鋸不加，理亂不知，黜陟不聞；大丈夫不遇於時者之所為也，我則行之。伺候於公卿之門，奔走於形勢之途，足將進而趦趄，③口將言而囁嚅，④處穢汙而不羞，觸刑辟而誅戮，徼倖於萬一，老死而後止者，其於爲人賢不肖何如也？」

昌黎韓愈聞其言而壯之，與之酒而爲之歌曰：「盤之中，維子之宮，盤之土，可以稼；盤之泉，可濯可沿；⑤盤之阻，誰爭子所。窈而深，廓其有容；繚而曲，如往而復。嗟盤之樂兮，樂且無殃；虎豹遠跡兮，蛟龍遁藏；鬼神守護兮，呵禁不祥；飲則食兮壽而康；無不足兮奚所望？膏吾車兮秣吾馬，從子于盤兮，終吾生以徜徉。」

注釋

①李愿，隱者也，韓愈高愿之賢，敘而送之。盤谷，在今河南濟源縣北，此文作於貞元十七年，時愈年三十四。

②維，縶也。

③趦趄，行不進貌。

④囁嚅，口不敢言貌。

⑤沿，緣水而下也。

析評

蘇　軾云：

歐陽文忠公嘗謂晉無文章，惟陶淵明歸去來一篇而已。余亦以謂唐無文章，惟韓退之送李愿歸盤谷一篇而已。生平願効此作一篇，每執筆輒罷，因自笑曰：不若且放教退之獨步。

王若虛云：

東坡云云，蓋一時之戲語耳。古之作者，各自名家，其所長不可強而同，其優劣不可比擬而定，使其必模仿而成，亦未必可貴也。

林次崖云：

凡送隱者，必左仕者，便缺平正，此作盛稱隱者，又不說低了仕者，議論平正，且曲盡世故人情，其間又多格言，實名世之文，非苟作者。

茅　坤云：

通篇全舉李愿說話，自說只數語，此又別是一格。而其造語形容處，則又鑄六代之長技矣。

張伯行云：

大丈夫處世，非行則藏；豈可不顧廉恥，以求富貴？縱使求之而得，已可羞矣！況未必得耶？何如潔身歸隱之為高也。借題寫意，警人憒憒。

劉大櫆云：

極力形容得志之小人與不得志之小人，而隱居之高尚乃見，行文渾渾，藏蓄不露。……

……兼取偶儷之體，卻非偶儷之文，此哲匠之妙用也。

林雲銘云：

李愿歸盤谷，似高隱者，以文送之，當痛發其人之抱道不仕，然後敘其歸隱之樂，方見得高處。此篇只閒閒寫出盤谷之地可隱，落下李愿居之，卽借愿之言滔滔汩汩，弄成一篇大文，若不知李愿為何許人者，人止羨其造格之奇，而不知良工之心於此有獨苦也。

按李愿為西平王晟之子，左僕射愬之弟，曾為武寧節度使。以罪去職，不但非抱道不仕真面目，卽歸隱之樂，亦未必遂其本懷。所謂大丈夫之言，或出於愿，或不出於愿，俱未可知。細思此等題目，不得這般作法，便有許多礙手處。末只用「聞言壯之」四字結過，就趁勢撰出歌來，真蜻蜓點水妙手。玩歌中無不足句，暗寓知足不辱良規，當於言外求之，但以此等奇文，愿藉以傳，此則愿之幸也。

吳楚材吳調侯云：

一節是形容得意人，一節是形容閒居人，一節是形容奔走伺候人，都結在人賢不肖何如也一句上。全舉李愿自己說話，自說只前數語為盤谷，後一歌，咏盤谷。別是一格。

汪武曹云：

宋朝諸名家為文，無有不自韓文出者。蘇公之稱韓公，至比之孟子，而曰文起八代之衰，謂之唐無文章可乎？且盤谷序非韓文之最者，何故獨推一篇？予謂此必非東坡之言，如萬石君羅文江瑤柱傳之類，皆妄庸者託之耳。

高步瀛云：

武曹此說，先得我心，宋時常有妄人評古人詩文，必託名人之言以欺世，如歐陽永叔謂晉無文章，蘇子瞻謂唐無文章，已不成語。且送李愿序，在韓公文中，亦非其至者，徒以奇瑰為流俗所喜，遂妄為此言，託之子瞻耳。大抵東坡題跋，其中真贋參半，七集內殊無此等文，後人無識，概收入全集中。卽使此語果出子瞻，亦正如王從之所謂一時戲語，殊不足為典要。況子瞻未必果有此語乎！故附錄之，以破俗之惑。

林紓云：

東坡稱唐無文章，惟昌黎送李愿歸盤谷序而已。實則文之妙處，在「愿之言曰」四字。一團傲藐不平之概，均出李愿口述，罵得痛快淋漓，與己一些無涉。在昌黎集中，稍近麤豪，然卻易入人眼。宜東坡之稱賞不置也。

莊適臧勵龢云：

送李愿歸盤谷序妙處，全在借李愿口中痛罵世人，表出一團傲睨之氣，而與己絲毫無涉；至自己口氣，只前數語寫盤谷，後一歌詠盤谷，別是一格。

今案：此文之妙，在假借他人之口，說出本身心思，而自己全不必負責也，李愿所言，約分三段，其一寫得志之人，此段為賓，其二寫隱遁之人，此段為主，其三寫倖進之人，此段為輔，亦益見仕途之可畏也，至於文末歌詞，暗寓避害遠引之意，則是當時朝政昏亂，退之亦或有厭惡之心也。

送董邵南序

燕趙古稱多感慨悲歌之士，①董生舉進士，連不得志於有司，懷抱利器，鬱鬱適茲土，吾知其必有合也，董生勉乎哉！

夫以子之不遇時，苟慕義彊仁者皆愛惜焉，矧燕趙之士出乎其性者哉！然吾嘗聞風俗與化移易，吾惡知其今不異於古所云邪？③聊以吾子之行卜之也。

董生勉乎哉！吾因子有所感矣。爲我弔望諸君之墓，④而觀於其市，復有昔時屠狗者乎？⑤爲我謝曰：「明天子在上，可以出而仕矣。」

注釋

①董邵南，壽州安豐人，舉進士不得志，去遊河北。南下，或有「遊河北」三字。

②指荆軻高漸離等。

③古所云，與上文「古稱」相應。

④樂毅去燕之趙，趙封之觀津，號曰望諸君。

⑤高漸離為燕之屠狗者。

析評

朱　熹云：

此篇言燕趙之士，仁義出於其性，乃故反其詞以深譏其不臣而習亂之意，故其卒章，又為道上威德，以警動而招徠之，其旨微矣。

陳景雲云：

董生不得志於有司，事在貞元中，詳見公詩，時仕路壅滯，兩河諸侯競引豪傑為謀主，由是藩鎮益強，朝廷旰食，此開成初宰相李石告文宗云爾。董生北游，正幕府急才，王室多事之日，文中立言，尚欲招燕趙之士，則鬱鬱適茲土者，其亦可以息駕矣。送之所以留之，其辭紋而惋矣。

謝疊山云：

文章有短而轉摺多氣長者，此序是也…………結處亦有感慨悲歌之意。

虞邵庵云：

河北自天寶以後，不稟命朝廷，邵南之行，將求用於諸鎮，故此篇有不滿邵南之意。

林次崖云：

始言董生之往必有合，中言恐未必合，終諷河北諸鎮之歸順，及董生不必往，首尾不能二百字，而詞語變化，意思包含無盡，妙手妙手。

茅　坤云：

文僅百餘字，而感慨古今，若與趙燕豪儁之士，相為叱咤嗚咽其間，一涕一笑，其味不窮，昌黎序文，當屬第一首。

儲　欣云：

河北自安史以後，習於僭亂，公送董邵南，因稱古燕趙之士之美，而今恐不同，風俗與化移易，所以譏切其不臣，末復道上威德，以警動而招徠之，其旨微矣，古今二字，是關鍵，吾知吾惡知，是俯仰呼應處。

汪武曹云：

勸其勿為藩鎮用，而抗拒朝命，是一層意，勸其仕於王朝，而為天子盡力，又是一層意，二意實相貫，却借古為諷，故含蓄不盡。

劉大槐云：

退之又以雄奇勝人，獨此篇與送王秀才含序，深微屈曲，讀之覺高情遠韻，可望不可及。

唐子西云：

屠狗，乃不逞之徒，遇真主而興，若漢樊噲之流是也，當時河北阻聲教，不逞之徒皆歸之，語以明天子在上，而勸之仕，是言邵南不必往，亦于以諷諸鎮之不臣也，其旨深矣。

張伯行云：

此因送董邵南，而諷藩鎮歸順之意。先言燕趙多豪士，仁義出於其性，董生此行必有遇合。繼又慮風移俗染，人心不古，其不遇亦未可知也。遇不遇不關於一身，而關於世道。故曰：「以吾子之行卜之也。」忽然一轉一感慨，以為樂毅之才，荊軻之俠，彼中應自有人，當令其奮身報國，為明天子佐太平，方是豪士。何苦為跋扈不臣之徒乎！所以警動而招徠之者，微旨可想。此等沈鬱頓挫文字，韓昌黎下，無人攀躋得到。

浦二田云：

本不喜董生河北去，若作阻之之詞，則留行，非送行矣，今偏勸他去，且正要用他去，此一序也，邵南挾以傳觀燕趙，讀之感悟，何可無此一去，恰好還他送行文字。

林雲銘云：

董生之往河北，無非憤己之不得志，欲求合於不奉朝命之藩鎮。送之者斷無言其當往之理，若明言其不當往，則又多此一送也。細思此等題目，如何落筆，乃韓公開口不言今日之河北，止言昔日之燕趙，併不言燕趙有爵位之人，止言燕趙不得志之士。謂董生到彼，自與此等意氣投合，若不知其行有干用之意者。然次段復言感慨悲歌之士，仁義出乎天性，同調相憐，決其必合，是明明以仁義二字，硬坐在董生身上，何等勸勉！三段暗指藩鎮拒命，風俗漸改，恐非昔日之燕趙，未必有感慨悲歌其人者，止在董生之合不合處決之，則董生此行自不可少。末段令弔古人而勸今人來仕，正欲其知自處意。通篇以風俗與化移易句，為上下過脈，而以古今二字呼應，曲盡吞吐之妙。坊本惟極口虛贊，全未了解此義，甚矣讀書之難言也。

吳楚材吳調侯云：

董生憤己不得志，將往河北求用於諸藩鎮，故公作此送之。始言董生之往必有合，中言恐未必合，終諷諸鎮之歸順，及董生不必往，文僅百十餘字，而有無限開闔，無限變化，無限含蓄，短章聖手。

吳闓生云：

韓公為文，每爭起句，凝鍊矜重，獨剏奇格，故老相傳，姚姬傳先生每誦此句（此文首句），必數易其氣而始成聲，足見古人經營之苦矣。

林紓云：

送董邵南序，其下或有遊河北三字。按新唐書藩鎮列傳序曰：「安史亂天下，至肅宗大難略平，君臣皆幸安，故瓜分河北地，付授叛將，一寇死，一賊生，訖唐亡百餘年，卒不為王土。」據此，則董生之遊河北，非昌黎意矣。然昌黎之於董生，不惟有序，而且有詩。集中嗟哉董生行，極言其孝慈感召，至雞哺乳狗，以翼來覆，云云，愛董生至矣。乃以不得志之故，鬱鬱從賊，在理原不宜有序。然既有前詩之褒美，則贈序亦不能不加匡正，若對董生當面罵賊，則文章實無此體。觀其下筆稱一古字，若今之不然可知。疾入董生之不得志，決能相合，相合者從亂也。勉乎哉三字，是提醒意。夫以子之不遇時句，高高叫起慕義強仁之愛惜，是虛虛作陪。疾入燕趙之廣收亡命，是正意。然不坐實燕趙人之善作賊，望其能移易故俗，以就朝廷範圍。外面似褒詞，內中是危詞。以今證古，古既如是，今必加厲。說到此，詞鋒已露。漸漸示以貶詞，乃疾轉一筆，言以生之行卜之，閒閒掩過，復言勉乎哉，是勉其決不可從賊也。又患董生不明其意，將謂伏他此行，感化燕趙澆俗，故憑空提出樂毅，決其必無其人。言念昔時，則並荊高之徒皆少矣。姑勸其往亦是虛語，試思屠狗之賤，且勸其歸朝，豈有董生之孝慈，轉背朝廷而從賊。樓臺倒影於水光中反照，使之觸目歷歷，不必勸止，而勸止之意，已明明指出，又不十分唐突，真詞林妙品也。

今案：贈序之體，文公雖最稱絕詣，然而似此篇者，則又轉折往復深況之尤難者也，若董生者，鬱不得志，遠赴河北，文公心否其事，發為文章，不得不曲為申述，故用意特為隱微而遺詞特為委宛，文中既言「燕趙之士出乎性者」，復憑空引出望諸君，以見樂毅去燕，不忘故國，措意言外，以諷董生，勿為藩鎮諸帥之違拒朝命也，篇末結以「明天子」數語，義正詞切，含蓄多少意蘊也。

送浮屠文暢師序

人固有儒名而墨行者，問其名則是，校其行則非，可以與之游乎，如有墨名而儒行者，問之名則非，校其行而是，可以與之游乎，揚子雲稱在門牆則揮之，在夷狄則進之，吾取以爲法焉。②

浮屠師文暢，喜文章，其周遊天下，凡有行，必請於縉紳先生，以求咏歌其所志，貞元十九年春，將行東南，柳君宗元爲之請，解其裝，得所得序詩累百餘篇，非至篤好，其何能致多如是邪，惜其無以聖人之道告之者，而徒擧浮屠之說贈焉。

夫文暢浮屠也，如欲聞浮屠之說，當自就其師而問之，何故謁吾徒而來請也，彼見吾君臣父子之懿，文物事爲之盛，其心有慕焉，拘其法而未能入，故樂聞其說而請之，如吾徒者，宜當告之以二帝三王之道，日月星辰之行，天地之所以著，鬼神之所以幽，人物之所以蕃，江河之所以流，而語之不當，又爲浮屠之說而瀆告之也。③

民之初生，固若禽獸夷狄然，聖人者立，然後知宮居而粒食，親親而尊尊，生者養而死者藏，是故道莫大乎仁義，敎莫正乎禮樂，刑政施之於天下，萬物得其宜，措之於其躬，體安而氣平，堯以是傳之舜，舜以是傳之禹，禹以是傳之湯，湯以是傳之文武，文武以是傳之周公孔子，書之於册，中國之人世守之，今浮屠者，孰爲而孰傳之邪？

夫鳥俛而啄，仰而四顧，夫獸深居而簡出，懼物之爲己害也，猶且不脫焉，弱之肉，彊之食，今吾與文暢，安居而暇食，優游以生死，與禽獸異者，寧可不知其所自邪。

夫不知者非其人之罪也，知而不爲者，惑也，悅乎故，不能卽乎新者，弱也，知而不以告人者，不仁也，告而不以實者，不信也，余旣重柳請，又嘉浮屠能喜文辭，於是乎言。

注釋

①貞元十九年，愈時為四門博士，作此文。

②法言修身：「或問，人有倚孔子之牆，絃鄭衞之音，誦韓莊之書，則引諸門乎，曰，在夷貊則引之，倚門牆則麾之。」

③易蒙：「再三瀆。」瀆，重也。

析評

虞邵庵云：
此篇極詆浮屠，特是語意含蓄不露，讀之不覺耳。

呂祖謙云：
此首體格好，語意新，就他身上說，極好處，尤有不盡餘韻。

唐順之云：
開闔宛轉，真如走盤之珠，此天地間有數文字，通篇一直說，而前後照應在其中。

李性學云：
送文暢師序，退之闢佛老，子厚佞佛老，是子厚不及退之處。

林次崖云：
此篇因其所明，通其所蔽，其法得于孟子，所言皆聖賢道理，文字又佳，董仲舒以後，無人說到此者。

茅　坤云：

高在命意，故迥出諸家，而闔闢變化，頓挫起伏，不失尺寸。

顧廻瀾云：

昌黎此序，斥浮屠，尊周孔，正是韓文與六經相表裏處，非止其聲響而已。

儲　欣云：

文暢喜文章，公就衆人文章，横撇一語，引入己意，最是文字中斬關妙處，「民之初生」以下，括原道一篇，看他縮得恁少，可悟文家伸縮之法。

金聖歎云：

昌黎一生闢浮屠，此又欲為浮屠作文字，最是不便措筆，看他一起得力，下便更不犯手。

汪武曹云：

文暢徒見今日聖人之道之盛，而不知其盛之所自，由于聖人之為之而傳之，故告之以聖人之道，使之知其所自。

梅曾亮云：

公於人立命之理，了然於心，故言無枝葉如此。

曾國藩云：

立言有本，故真氣充溢，歷久常新。

張裕釗云：

此文所謂醇乎醇者也，綴此一段，便爾奇特，然要，止是切中要害處，故理至而文自奇，舍理而求奇，不知文者也。

林雲銘云：

文暢，浮屠也，其周遊天下，本欲倡明其敎，如今日所謂大和尚，使天下人崇信皈依耳。卽請諸縉紳先生咏歌，亦不過取重於宰官文人，為之護法標榜，使天下堅其崇信皈依之念耳。柳州喜與僧遊，宜為之請。然昌黎一生大本領，全在闢佛，豈能作此等委曲文字，故開口分出儒墨是非，而以名行之異，虛虛發出不輕絕人之意，轉入文暢身上，硬坐他喜文章，慕聖迹，吾儒不當浮屠之說贈送，當以聖人之道開示。鋪張臚列說出聖人無數好處，皆文暢所不樂聞。但說到禽獸之弱肉強食，而人得以養生送死，伊誰之功，實皆世俗未曾想到之語。篇中自民之初生，至中國之人世守句，乃原道篇節文，至所謂弱肉強食等語，卽原道篇中所謂古無聖人，人類滅久之意。……是篇較原道篇尤為警策，皆從孟子好辯章，無父無君率獸食人等語脫化出來，真有功世道之文也。

林紓云：

送浮屠文暢師序，直是當面指斥佛教，為夷狄禽獸。而文暢通文字，却不以為忤者，此昌黎文字遏抑蔽掩之妙也。文中著眼在一傳字。傳者，傳道也。聖人之道有傳，而佛教亦未嘗無傳，然昌黎偏不以傳字許他。言外似謂有所傳之道，卽是人；無所傳之道，卽是夷狄禽獸。命意如此，行文實不如此。觀他文中提筆，言民之初生，固若禽獸夷狄，然是渾淪說話，不辨儒佛。言下分出聖人立教，於是禽獸夷狄，與人始分形而立。說到浮屠，孰為孰傳，此圖窮匕見，逼人甚矣。而頂筆却推開浮屠，但論禽獸不知道，故易罹害。人知道，故獲安居而粒食。此時仍引浮屠同為人類，見得前此禽獸二字，不是罵他，顧所以異於禽獸者，能親聖人也。知其所自，卽是醒他，溯源於聖人，若不知所自，仍禽獸耳。斥他不知，又將不知二字解脫，不是其人之罪。累擒累縱，一毫不肯放鬆。然後明出正告之意，仍不失儒者身分，令人百讀不厭。

今案：文公生平，最惡浮屠，而送文暢，礙於子厚請託，又不得過為貶斥之詞，乃假其「喜文章」，而「惜其無以聖人之道告之者」，乃引入「聖人之道」，暢所欲言，以闢浮屠，故「聖人之道」四字，最是全篇關鍵所在，且將聖人與浮屠，加以對勘，以見聖人之道，有本有源，以見聖人之道，為不可無不可忘也，此文當合原道篇以共觀之。

送廖道士序

五岳於中州，②衡山最遠；南方之山，巍然高而大者以百數，獨衡爲宗；最遠而獨爲宗，其神必靈。衡之南八九百里，地益高，山益峻，水清而益駛；其最高而橫絕南北者嶺。③郴之爲州，④在嶺之上，測其高下，得三之二焉，中州清淑之氣，於是焉窮；氣之所窮，盛而不過，必蜿蟺扶輿，磅礴而鬱積。⑤衡山之神既靈，而郴之爲州，又當中州清淑之氣，蜿蟺扶輿，磅礴而鬱積，其水土之所生，神氣之所感，白金水銀丹砂石英鍾乳，橘柚之包，竹箭之美，千尋之名材，⑥不能獨當也，意必有魁奇忠信材德之民生其間，而吾又未見也，其無乃迷惑溺沒於老佛之學而不出邪？

廖師郴民，而學於衡山，氣專而容寂，多藝而善遊，豈吾所謂魁奇而迷溺者邪？廖師善知人，若不在其身，必在其所與遊，訪之而不吾告，何也？於其別，申以問之。

注　釋

①順宗永貞元年，愈自陽山徙江陵，過衡山而作此文。
②衡山，在湖南衡山縣西，五獄之一也。中州、中國也。
③嶺，五嶺，謂自衡山以南，至海，有五嶺，大庾、始安、臨賀、桂陽、揭陽是也。
④郴、唐州名，在今湖南郴縣。
⑤蜿蟺，盤屈動搖貌。扶輿，扶旋之意。磅礴，猶混同也。
⑥小竹曰箭，八尺為尋。

析評

劉大櫆云：
此文如黑雲漫空，疾風迅雷，甚雨驟至，電光閃閃，頃刻淨掃陰霾，皎然日出，文境奇絕。

曾國藩云：
磊落而迷離，收處絕詭變。

林雲銘云：

闢佛老是此篇正旨，但廖師自衡山來，與昌黎必有往來相識處，故於其別，作序送之。若純用闢老佛話頭，未免涉於詆訾唐突，反不如不送之為愈也。看他開手把衡山郴州形勢緩緩說入，逗出神氣兩字，見得神傑地靈，降神賦氣，原不虛生，自不宜辜負此身為異端之學，而不用於世矣！妙在將廖師魁奇迷溺，作迷惑不定語，輕輕提過，便入衡山郴州必有奇人。廖師既知與我往來，有知人之鑒，斷無不識其所與遊者，純是送董邵南使弔望諸君、觀市中屠狗一樣結構，正所以闢老佛也。其行文雲委波屬，極有步驟。俗評止稱其飄忽眩奇，何啻隔靴搔痒。

金聖歎云：

胸中愛廖，只是怪其為道士，又恐為道士者不止一廖，要因廖而遍招之，看他却不直說，却忽然劈插一衡山最靈，又劈插一郴州最鬱積，如是必有非常奇人如廖者，只怕都為道士，真是可惜。

浦二田云：

道士郴衡間人，文章象物，便作重巒複嶺，嶔崟崩業之狀，離而即，即而離，送之乎，招之也。

林紓云：

送廖道士序，原可不作。而昌黎志闢佛老，必時時於此等題目著意。此文製局甚險，似泰西機器，懸數千萬斤之巨椎於樑間，以鐵繩作轆轤，可以疾上疾下。置表於質上，驟下其椎，椎及表面玻璃而止，分毫無損也。文自「五岳於中州」起，至「千尋之名材，不能獨當也」止，二百餘言，作一氣下。想廖道士讀到不能獨當句，必謂己足以當之，此千萬斤之鐵椎，已近玻璃表面矣。「意必有，吾未見」六字，卽輕輕將椎勒住，於表面無損分毫。然又防他掃興，卽復兜住，言無乃迷惑溺沒於老佛之學，而不出，似於廖師身上，仍留一線生機。其下率性還他好處，說豈所謂魁奇而迷溺，又將巨椎收高放下，弄得廖師笑啼間作。幾謂得儁卽在言下，忽言廖卽善知人若不在其身，必在其所與遊，此一擲真有萬里之遠。把以上濃至興會話頭，盡化作蜃樓海市，與廖師一毫無涉。此在事實上則謂之騙人，而在文字中當謂之幻境。昌黎一生忠鯁，而為文乃狡獪如是，令人莫測。

莊適臧勵龢云：

送廖道士序，通篇只是一氣，無從畫斷；前幅從五岳出衡山，從衡山出嶺，從嶺出州，再落出道士；已經落到道士，忽又一筆漾開，文心狡獪已極；林琴南云：「此文製局甚險，似泰西機器，懸數千萬斤之巨椎於樑間，以鐵繩作轆轤，可以疾上疾下，置表於質上，疾下其椎，椎及表面玻璃而止，分毫無損。」為此文寫照甚切。

今案：此篇宗旨，仍在拒斥佛老，而抒寫範圍，則自大而小，步步收縮，送廖道士，卻先從五岳開始，若自天外飛來，不可端倪者，然後收縮至衡山郴州，再收縮至山川「神」「氣」等字，再收縮至「神」「氣」鍾聚於「物」，物不能當，必至於人，則廖道士呼之欲出矣，而又突言「未見」，以障拒之，以其汩於佛老也，行文至此，宗旨乃見，至於文末，一筆突轉，迴盪開去，「不在其身，必在所與遊」，真奇詭無比，至「訪之而不吾告，何也」，則更洸洋迷離，莫知其極矣。

送王秀才序

吾少時讀醉鄉記，②私怪隱居者無所累於世，而猶有是言，豈誠旨於昧邪？及讀阮籍陶潛詩，乃知彼雖偃蹇，③不欲與世接，然猶未能平其心，或爲事物是非相感發。於是有託而逃焉者也。若顏氏子操瓢與簞，曾參歌聲若出金石，④彼得聖人而師之，汲汲每若不可及，其於外也固不暇，尚何麴蘗之託而昏冥之逃邪？⑤吾又以爲悲醉鄉之徒不遇也！

建中初，天子嗣位⑥有意貞觀開元之丕績，在廷之臣爭言事，當此時，醉鄉之後世，又以直廢。

吾既悲醉鄉之文辭，而又嘉良臣之烈，思識其子孫，今子之來見我也，無所挾，吾猶將張之，況文與行不失其世守，渾然端且厚；惜乎吾力不能振之，而其言不見信於世也！於其行，姑與之飲酒。

注釋

①或作「送進士王含序」，王含，元和八年進士。

②王績字無功，隋末大儒王通之弟，時人號為東皐子，嘗著醉鄉記，以次劉伶醉德頌，含績之子孫。

③偃蹇，驕傲狀。

④莊子讓王：「曾子居衛，曳縱而歌商頌，聲滿天下，若出金石。」

⑤麴糵，酒母。

⑥德宗卽位，改代宗大曆十五年為建中元年。

析評

茅　坤云：

昔人以不用入醉鄉，今與之飲酒，有無限意。

劉大櫆云：

含蓄深婉，頗近子長，退之文以雄奇勝人，獨董邵南序及此篇，深微屈曲，讀之覺高情遠韻，可望不可及。

張裕釗云：

此篇與退之他文，有陽剛陰柔之別，然空中起步，其來無端，則一也。

林雲銘云：

王含不遇而行，正當無聊不平之際，送之者，若言君相不能用才，有犯時忌，卽勉其當以聖人為師，汲汲自治，不必以不遇介意，又未免為迂濶唐突，俱難下筆也。昌黎恰恰尋出含之祖宗來，做個起引，而揆其作醉鄉記之用心，且以不得聖人為師，代之惋惜，隱隱見得知自治者，必不以不遇而悲矣！然醉鄉之徒不遇，指時勢不可為上說，故以春風亂世顏曾居窮對看。若建中初，有意貞觀開元之丕績，似時勢有可為者，而醉鄉之後世，又以直廢，雖遇而猶不遇，其實廢處，正成其為良臣之烈，則以不遇為遇，尤不待悲矣。末轉入王含身上，止稱其文行之佳，己不能張為惜，以「姑與飲酒」一句作結便了，暗應醉鄉，似感慨而非感慨，似慰藉而非慰藉，似勉勵而非勉勵，絕無一字著跡。以上文閒閒布置，大意已盡也，真鏡花水月妙筆。

儲欣云：

突然將醉鄉記，抑揚評論，幾不解所謂，讀終篇，知立言之悲也，醉鄉之後人既不振，而公力又不足以振之，序之結穴在此。

謝疊山云：

只從醉鄉記三字，得意變化，成一篇議論，下字影狀，此文公最巧處，凡作論，可為法。

顧迴瀾云：

美其先世忠誼，悲其不遇聖人，至末不脫醉鄉，尤見情詞之諷詠。

林次崖云：

味此序之意，必王含無一可稱述，姑就其祖醉鄉記上，生出一篇議論，乃是無中生有，

文字超偉，奇絕可愛。

今案：醉鄉之意，非真欲遁世不返，非真欲無累於俗，非真欲甘旨於味也，特借酒以自遣，有託以自避，有感以自發而已。然醉鄉之不遇，遭逢無道，猶有可說，而王含當明天子在位，有意丕績之際，以「良臣之烈」，「文與行不失其世守」者，可遇而不遇，此所以其悲痛之情為尤深也，「姑與之飲酒」，旣以惜王含，亦以諷當道，復與醉鄉之記，遙相應合，以見醉鄉之數奇，先世子孫，異代相類，誠可哀矣。

送王塤秀才序

吾常以爲孔子之道，大而能博，門弟子不能徧觀而盡識也，故學焉而皆得其性之所近；其後離散，分處諸侯之國，又各以所能授弟子，原遠而末益分。蓋子夏之學，其後有田子方，①子方之後，流而爲莊周，故周之書，喜稱子方之爲人。②荀卿之書，語聖人必曰孔子子弓，子弓之事業不傳，惟太史公書弟子傳，有姓名字曰馯臂子弓；③子弓受易於商瞿。孟軻師子思，子思之學，蓋出曾子；自孔子沒，羣弟子莫不有書，獨孟軻氏之傳得其宗，故吾少而樂觀焉。

太原王塤，示予所爲文，好舉孟子之所道者；與之言，信悅孟子，而屢贊其文辭。夫沿河而下，苟不止，雖有遲疾，必至於海，如不得其道也，雖疾不止，終莫幸而至焉，故學者必愼其所道，道於楊墨老莊佛之學，而欲之聖人之道，猶航斷港絕潢以望至於海也，④故求觀聖人之道，必自孟子始；今塤之所由，旣幾於知道，如又得其船與檝，知沿而不止，嗚呼，其可量也哉！

注釋

①田子方，名無澤，魏文侯師之。
②莊子書有田子方篇，然不過篇首引及而已，謂莊學源出子方，殊未可信。
③史記仲尼弟子列傳：「孔子傳易於商瞿，瞿傳楚人馯臂子弦。」漢書儒林傳作「子弓」。
④潢，積水池也。

析評

茅　坤云：
通篇以孟子作主，是退之立自己門戶，故其文有雄視一世氣。
方　苞云：
北宋諸家，皆得退之之一體，此序淵雅古厚，其支流與子固為近。
唐順之云：
此立意之文，而緊要全在學孟子之所道一句。
李光地云：

此韓子之文，醇乎其醇者也，前無所承，而斷置分明如此，亦頗采揚雄之意，然揚不能如此條暢，故原道譏雄，語焉不詳，柳子厚亦謂退之決作之加恢奇，惜乎其自許以五六十著書而未逮也。

張伯行云：

朱子云：韓退之言軻死不得其傳，此非深知所傳者何事，則未易言也。讀此篇，於孔門傳授，本文派別，極其分明，自漢以來，無此見識。

沈德潛云：

學以孟子為歸，而孟子得統於孔子，曾思孟正傳，歷歷可指，此昌黎見道親切處，公以前，無持此論者。

劉大櫆云：

韓公序文，掃除枝葉，體簡辭足。

曾國藩云：

讀古人書，而能辨其正偽醇疵，是謂知言，孟子以下，程朱以前，無人有此識量。

張裕釗云：

其淵厚，子固能得之，其樸老簡峻，則不及也。

儲　欣云：

字字確，曾思孟得聖道正傳，自公發之，前此未有云爾也，宋人沿襲公説，反謂公之於道，有未盡知者，得非飲水而忘其源乎。

林雲銘云：

此因王塤知讀孟子，故層層發出孟子所傳之正，從曾子子思一派得來，蓋卽其所能者勉之也，後世知以學庸孟子配魯論為四書，頒行學宮，非此數語啓之耶，宋儒所以稱其為近世豪傑之士者，此也，學者切勿草草讀過。

今案：孔子之學，廣大精微，羣弟子各以性之所近者，就而習焉，是以支脈旁分，流派相異，曾子以大孝之資，衍而為子思，以至孟子，則中庸所謂「尊德行」者是也，子夏以文學傳經，數傳之後，流而為荀卿，則中庸所謂「道問學」者是也，是以孔門之後，孟荀並興，皆稱大儒，文公此篇，敍聖學之傳，荀卿之外，並及田子方，語雖無徵，而獨以孟軻為能得聖人之宗，以為求觀聖人之道，必自孟子始，則道統之傳，由是立焉，則此篇之作，足與原道相發明，有功聖學，豈淺鮮哉。

送區冊序

陽山，天下之窮處也，陸有丘陵之險，虎豹之虞，江流悍急，橫波之石，廉利侔劍戟，舟上下失勢，破碎淪溺者，往往有之。縣郭無居民，官無丞尉。②夾江荒茅篁竹之間，③小吏十餘家，皆鳥言夷面；始至，言語不通，畫地爲字，然後可告以出租賦，奉期約。是以賓客游從之士，無所爲而至。愈待罪於斯，且半歲矣。

有區生者，誓言相好，自南海挐舟而來，④升自賓階，⑤儀觀甚偉；坐與之語，文義卓然。莊周云：「逃空虛者，聞人足音跫然而喜矣。」⑥況如斯人者，豈易得哉！入吾室，聞詩書仁義之說，欣然喜，若有志於其間也。與之翳嘉林，坐石磯，投竿而漁，陶然以樂，若能遺外聲利，而不厭乎貧賤也。

歲之初吉，⑦歸拜其親，酒壺既傾，序以識別。

注釋

①區音歐，貞元十九年冬，文公自御史出為陽山令，此序當在陽山作，其曰歲初吉，當在明年正月也，陽山，縣名，在廣東。

②唐制，縣令下有縣丞縣尉。

③竹田曰篁。

④南海，今廣東番禺縣，如拏，音如，持引也。

⑤東階為賓階。

⑥莊子徐無鬼：「夫逃虛空者，藜藋柱乎鼪鼬之逕，踉位其空，聞人足音跫然而喜矣，而況乎昆弟親戚之謦欬其側乎。」跫然，足步聲。

⑦初吉，歲首也。

析評

張裕釗云：

不獨鑱辭精瑩，要其命意最幽潔，故讀之有味。

吳汝綸云：

敍貶所往往舍荒涼而矜佳勝，公此文乃正言其窮陋，然止以反跌區生耳，故文勢為之益峻。

林紓云：

區册生平無考，或南海一不知名之士。昌黎適貶陽山，空谷足音，不能不獎許之。獎詩書仁義之說，又許之能遺外聲利，讀者不能不疑其濫予。寧知昌黎行文，固有分寸，未嘗為逾量之言。但觀兩若字，便見文中大有活著：一曰，「若有志於其間也」；再曰，「若能遺外聲利，而不厭乎貧賤也」。若者，未定之詞，蓋身處烟瘴之區，與鳥言夷面之人為伍，一見斯文，自然稱許過當。然仍節節有限制，此所以成為大家之文。

今案：貶在荒服，烟瘴遍野，凡人處此，鮮有不為感慨歎息之辭者，而昌黎一以正言出之，不諱其窮陋，亦不諱其自身之艱辛，哀而不怨，應對切貼，此所以為難能而可貴者也，而筆力遒勁，言簡意賅，亦最可為法式焉。

送高閑上人序

苟可以寓其巧智，使機應於心，不挫於氣，則神完而守固，雖外物至，不膠於心。②堯舜禹湯治天下，養叔治射，③庖丁治牛，④師曠治音聲，⑤扁鵲治病，⑥僚之於丸，⑦秋之於弈，⑧伯倫之於酒，⑨樂之終身不厭，奚暇外慕！夫外慕徙業者，皆不造其堂，不嚌其胾者也。⑩

往時張旭善草書，⑪不治他伎，喜怒窘窮，憂悲愉佚，怨恨思慕酣醉，無聊不平，有動於心，必於草書焉發之；觀於物，見山水崖谷，鳥獸蟲魚，草木之花實，日月列星，風雨水火，雷霆霹靂，歌舞戰鬭，天地事物之變，可喜可愕，一寓於書；⑫故旭之書，變動猶鬼神，不可端倪，以此終其身而名後世。

今閑之於草書，有旭之心哉！不得其心而逐其跡，未見其能旭也。爲旭有道，利害必明，無遺錙銖，情炎於中，利欲鬭進，有得有喪，勃然不釋，然後一決於書，而後旭可幾也；今閑師浮屠氏，一死生，解外膠，是其爲心必泊然無所起，其於世必淡然無所嗜，泊與淡相遭，頹墮委靡，潰敗不可收拾，則其於書，得無象之然乎！⑬然吾聞浮屠人善幻，多技能，閑如通其術，則吾不能知矣。⑭

注釋

①釋高閑，烏程人，精草書，唐宣宗嘗召入御前，賜紫衣。

②膠，黏滯也。

③養叔，養由基也，春秋時楚人，善射。

④庖丁為文惠君解牛，見莊子養生主。

⑤師曠，晉平公之樂師。

⑥扁鵲，姓秦，名越人，晉昭公時名醫。

⑦莊子徐無鬼：「市南宜僚弄丸而兩家之難解。」

⑧孟子告子：「奕秋，通國之善奕者也。」

⑨晉劉伶字伯倫，著酒德頌。

⑩說文：「嚌，嘗也。胾，大臠也。」嚌音濟，胾音資。

⑪張旭，唐人，善草書，世號張顛，又稱草聖。
⑫旭自言始見公主擔夫爭道，又聞鼓吹，而得筆法意，觀倡公孫舞劍器得其神。
⑬象，像也，言得無似之委靡潰敗乎。
⑭幻，幻術，如吞刀吐火之類。

析　評

方崧卿云：

此文全篇皆本於莊子，所謂宋元君畫圖，有一史後至，解衣槃礴臝。

朱子云：

今案韓公本意，但謂人必有不平之心，鬱積之久，而後發之，則其氣勇決而伎必精，今高閑旣無是心，則其為伎宜其潰敗委靡而不能奇，但恐其善幻多伎，則不可知耳，此自韓公所見，非如畫史祖師之說也。

王宋賢云：

公不喜浮屠，故立論必故與相反，朱子謂此自韓公所見，極為知言。方氏畫史祖師之說，朱子譏其非是，吾併謂公論亦非學書之道本然。

薛敬軒云：

莊子，好學古文者多觀之，公此序，學其法而不用其辭，學之善者也。

方　苞云：

子厚天說，類似莊子，若退之為之，並其精神意趣，皆得之矣，觀高閑上人序可辨。

劉大櫆云：

奇崛之文，倚天拔地。

姚　鼐云：

機應於心，故物不膠於心，不挫於氣，故神完守固，韓公此言，本自所得於文事者，然以之論道，亦然，牢籠萬物之態，而物皆為我用者，技之精也，曲應萬事之情，而事循其天者，道之至也，必離去事物，而後靜其心，是公所斥解外膠，泊然澹然者也，是以為道，其道淺，是以為技，其技粗矣。

曾國藩云：

機應於心，熟極之候也，莊子養生主之說也，不挫於氣，自慊之候也，孟子養氣章之說也，韓公之於文技也，通乎道矣。

張裕釗云：

退之奇處，最在橫空而來，鑿險縋幽之思，凿雲乘風之勢，殆窮極文章之變矣。

茅　坤云：

其用意似莊子，而其行文造語敘述處，亦大類莊子。

林次崖云：

高閑上人無可說，因他能書，遂就張旭善草上說道理，以歸於閑，此是無中生有，學者胸中有此意思，天下無難題矣。

錢豐寰云：

玩其文，似高閑不如旭，叫他泊然淡然，通旭之術，而後可學書，然其意深，引而不發。

顧迴瀾云：

此篇堯舜禹湯治天下，與僚丸秋奕等並論，放蕩不羈。

張伯行云：

「樂之終身不厭，奚暇外慕」數句，可謂明言。藝士之於藝，君子之於道，其致一也。

儲　欣云：

用意深奧，文亦變動，猶鬼神不可端倪。

汪武曹云：

自是絕世奇文。

浦二田云：

公以浮屠氏冥心却物，善用就迹鞭心法，謂料心致用者，神也，涉象遺心者，罔也，覷便固在草書，而勘入處，全在勾臟博擊也，一結又妙，直教他沒弄虛花處，閑師得此，吞却櫟棘蓬矣。

林雲銘云：

書雖六藝之一，然藝之精者，未有不通於道；若但逐其迹而不求於心，所謂刻舟而求、按圖而索，豈復有劍與馬乎！高閑善草書，想頗得張旭形似，而昌黎特拏一心字發出，幾多妙諦。細繹大旨，純是一副佛口角。蓋昌黎闢佛，向未提出佛之宗旨，此特借草書一事，要從有觸而發處見長，非一死生、解外膠之心可以糊塗從事，見得佛法在人情物理之外，其不堪為世用，無小大一也。玩篇首舉各技能，先提堯舜禹湯治天下一句，其意可見。末用幻字作餘波，非用寬筆，乃言浮屠所為本領既失，即有偶當，亦算不得真才實能，此提出佛之宗旨，而痛闢之矣。其言利害必明六句，謂能勝浮屠之用心，人以為亦非吾道之所許。不知此單就學書觸發而言，且以明吾道先從人情物理上操練過來，方能不膠外物，為下文浮屠氏作反襯語，非吾道究竟法也，若以詞害意，則失之矣。

林紓云：

送高閑上人序，昌黎略有偏心，非正論也。昌黎惡釋氏至，並其技能亦在在加以貶抑。閑在宣宗時，曾召入對御草聖，遂賜紫衣。閑嘗以霅川白紵書真草，為世楷法，其人決非不能書。昌黎文主固內而遺外，似注意於書，即不應外慕浮屠之學。其上廣引多人，終以張旭，皆主心無兩用而言。轉到高閑，無旭之心，則亦不能有旭之藝，名為論藝，其意仍主闢佛。觀「為旭有道」以下六句，均是俗情，力與浮屠之法相反。一說浮屠之心，泊然無所起於世，尤淡然無所嗜，為書必不能工。顧高閑本有書名，一時亦不能抹煞，許他無象之然，是勉強應付語。其下還他善幻多技能，則吾不能知，非不知也，不屑耳。此篇與廖道士序相較，語稍欠婉轉。然昌黎論書，尚詆羲之為俗，似非知書中三昧者。其推重張旭，亦非重旭，重旭正所以輕閑耳。

馬其昶云：

以治天下與丸奕並言，亦莊生齊物之恉，見古人各有自得之真至，其業之所成，無大無小，皆其寓馬者也，果能自得，則凡天地間所有，皆足為吾之用，若浮屠之法，內黜聰明，既無可寓其巧知，外絕事物，又莫觸發其趣機，蓋彼懼外憂之足為累也，乃一切絕之，而何有於書乎，意謂閑學草書，亦可終身自樂，不奪於外，無俟乞靈彼教，汪武曹乃疑首言不外慕，後幅止言必有不平之心，草書乃工，不當遺不外慕意，殆未窺其深矣，書乃六藝之一，逃儒入釋，是即所謂外慕徙業也。

錢基博云：

送高閑上人序以張旭善草書，閑亦學草書，固以旭為比；又以旭之善草書，不治他伎，因廣為設譬，以推類及於堯、舜、禹、湯治天下，養叔治射等等，樂之終身不厭；橫空而來，洄瀾不竭；鑿險縋幽之思，駕以排雲御風之勢，斷續離合，波瀾出於莊子，與送孟東野序同。惟送孟調適鬯遂，其氣舒；此則峭橫生拗，其筆適。然筆雖適而意有茹，非真以張旭譽閑也。張旭喜怒愉恨，無聊不平，有動於心，天地事物之變，可喜可愕，一寓於書，故其書奇。起著「機應於心」四字，為一篇之眼；「喜怒愉恨，無聊不平」

，「心」之「有動」也；「天地事物之變，可喜可愕」，「機」之相「應」也。今閑一死生，解外膠，為心「泊然」，則無「心」；於世「淡然」，則無「機」；「機」不應於「心」，則必不能為旭之「可喜可愕」，一寓於書」。然而「浮屠人善幻，多技能」，若疑其書之必不能奇；又若譽其人之別有神通，而書必奇；用筆之詭，神妙直到秋毫顛矣。

高步瀛云：

韓公闢佛之旨，送浮屠文暢師序，既以莊論出之矣，然不能每送釋子，即發此論也。故此文別出手眼，以為習釋氏者，其心泊然澹然，無勇決之氣，即學書亦不能精。仍以旁見側出，寓其闢釋氏之旨耳。文心何等靈妙！若認為學書人說法，則幾於痴人說夢矣。

今案：此篇要旨，端在闢佛，闢佛之詞，又不正說，因高閑善草書，乃自張旭著手，以張旭草書之工，全在專意致志，心無二用，用志不紛，乃凝於神，以見藝通於道，而道亦無所不在也，由是引入藝可為道，藝可自足，正不必分其心以從事於浮屠矣，文末又作轉語，以浮屠善幻，引至幽遠未可知之途，亦正所以調侃山人也。

送楊少尹序

昔疏廣受二子，以年老，一朝辭位而去，②于時公卿設供張，祖道都門外，車數百兩，道路觀者，多歎息泣下，共言其賢；漢史既傳其事，而後世工畫者，又圖其迹，③至今照人耳目，赫赫若前日事。

國子司業楊君巨源方以能詩訓後進，一旦以年滿七十，亦白丞相，去歸其鄉，④世常說古今人不相及，今楊與二疏，其意豈異也？予忝在公卿後，遇病不能出，不知楊侯去時，城門外送者幾人？車幾兩？馬幾疋？道邊觀者，亦有歎息知其爲賢以否？而太史氏又能張大其事，爲傳繼二疏蹤跡否？不落莫否？見今世無工畫者，而畫與不畫，固不論也。然吾聞楊侯之去，丞相有愛而惜之者，白以爲其都少尹，不絕其祿，又爲歌詩以勸之，京師之長於詩者，亦屬而和之，又不知當時二疏之去，有是事否？古今人同不同，未可知也。

中世士大夫，以官爲家，罷則無所於歸，楊侯始冠，擧於其鄉，歌鹿鳴而來也，⑤今之歸，指其樹曰：「某樹，吾先人之所種也；某水某丘，吾童子時所釣遊也。」鄉人莫不加敬，誡子孫以楊侯不去其鄉爲法。古之所謂鄉先生沒而可祭於社者，其在斯人歟！其在斯人歟。

注釋

①楊巨源，字景山，貞元五年進士，以能詩名，嘗有「三刀夢益州，一箭取遼城」之句，白居易贈詩云：「早聞一箭取遼城。」以是知名，既引年去，命為其都少尹。

②疏廣疏受，二人為叔侄，漢宣帝時，廣為太子太傅，受為少傅，同時上疏乞歸。漢書記有人嘗勸疏廣買田宅以貽子孫，廣答云：「賢而多財，則損其志，愚而多財，則益其過。」

③晉顧愷之、梁張僧繇並繪有羣公祖二疏圖。

④楊為河中（今山西永濟縣）人。

⑤唐制，諸州貢士，行鄉飲酒禮，歌鹿鳴之詩。

析評

唐順之云：

前後照應，而錯綜變化不可言，此等文字，蘇曾王集內無之。

茅坤云：

以二疏美少尹，而專於虛景簸弄，故出沒變化，不可捉摸。

張伯行云：

羨楊少尹能全引退之義，卻將二疏來相形，言其事迹之同不同未可知，而清風高節則無不同也。文法錯綜盡態，意在言外，令人悠然想見。末段遂言其歸故鄉之樂，賢於世之貪爵慕祿者遠矣。唐人詩云：「相逢盡說休官去，林下何曾見一人。」士大夫出處之際，可念也夫！

林雲銘云：

七十致仕之年也，楊侯原不得為高；增秩而不奪其俸，亦國家優老之典也，楊侯又不得為奇。至於贈行唱和，乃古今之通套，而不去其鄉，尤屬本等之常事，看來無一可著筆處。昌黎偏尋出漢朝絕好的故事來，與他辭位增秩及歌詩數事，有同有不同處，彼此相形，作了許多曲折。末復把中世絕不好的事作反襯語，逼出他歸鄉之賢，便覺件件出色，皆從無可著筆處著筆也。坊評只贊其故作波瀾，而不知非得此波瀾，即不能成一字。故能作古文者，方能讀古文，俗眼評來，自然可笑。

金聖歎云：

送楊少尹，却劈空忽請出二疏，又偷筆先寫自己病不能出，便生出無數波瀾。

儲　欣云：

只楊與二疏不異，一句便了，忽空撰出不知楊侯去時一段，又轉出不知二疏云云，奇幻極矣，要寫楊與二疏之同，反從未知其同不同，以極寫其同，此種文心，最有補于後學。

汪武曹云：

以客形主，以主形客，彼此紐合，其錯綜變化，曾王集內洵無之，若蘇公，則最得此法，觀六一居士集序文，可見，謂蘇集所無，非也。

浦二田云：

不是古今互映，弄虛花技倆，公蓋感少尹之去，慨遲暮貪榮者，擧朝一轍，顯諫不可，借疏形楊，喧寂異趣，而藏用於「遇病」一語，則良工心苦也。

吳楚材吳調侯云：

巨源之去，未必可方二疏，公欲張大之，將來形容又不可確言，特前說二疏所有，或少尹所無，後說少尹所有，或二疏所無，則巨源之美，不可掩，而已亦不至失言。末託慨世之詞，寫出楊侯歸鄉，可敬可愛，情景宛然。

林紓云：

送楊少尹巨源序，入手引二疏，用意特平平。即七十辭官，亦是恒事。庸手雖說得興會，決難出色。文將二疏事，幷入巨源身上，在空中摩盪。以楊侯去時，與二疏去時，兩兩比較，似無甚高下。却說到丞相愛惜，不絕其祿，又為歌詩勸行。此事似為二疏所無，大類管夫人畫竹石，叢竹在前，一石獨歷落而遠。此序事之前後際，部署大有工夫。末段述其還鄉以後，追想前塵，此祕歸震川最為得之。

今案：此文以對比手法，突出少尹，前幅以二疏為主楊侯為客，以見楊侯之去，可與二疏比肩。後幅以楊侯為主，二疏為客，以見二疏之與楊侯，楊侯或有勝於二疏之處。此層遞之用，要在借二疏以特顯楊侯之可貴而已。

送石處士序

河陽軍節度御史大夫烏公，②爲節度之三月，求士於從事之賢者，有薦石先生者，公曰：「先生何如？」曰：「先生居嵩邙瀍穀之間，③冬一裘，夏一葛，食朝夕，飯一盂，蔬一盤，人與之錢，則辭，請與出遊，未嘗以事辭，勸之仕，不應，坐一室，左右圖書，與之語道理，辨古今事當否，論人高下，事後當成敗，若河決下流而東注，若駟馬駕輕車，就熟路，而王良造父爲之先後也。④若燭照數計而龜卜也。」

大夫曰：「先生有以自老，無求於人，其肯爲某來邪？」從事曰：「大夫文武忠孝，求士爲國，不私於家，方今寇聚於恆，⑤師環其疆，農不耕收，財粟殫亡，吾所處地，歸輸之塗，⑥治法征謀，宜有所出，先生仁且勇，若以義請而彊委重焉，其何說之辭？」於是譔書詞，具馬幣，卜日以授使者，求先生之廬而請焉，先生不告於妻子，不謀於朋友，冠帶出見客，拜受書禮於門內，宵則沐浴，戒行事，載書冊，問道所由，告行於常所來往，晨則畢至，張上東門外。酒三行，且起，有執爵而言者曰：「大夫眞能以義取人，先生眞能以道自任，決去就，爲先生別。」又酌而祝曰：「凡去就出處何常，惟義之歸，遂以爲先生壽。」又酌而祝曰：「使大夫恆無變其初，無務富其家而飢其師，無甘受佞人而外敬正士，無昧於諂言，惟先生是聽，以能有成功，保天子之寵命。」又祝曰：「使先生無圖利於大夫，而私便其身。」先生起拜祝辭曰：「敢不敬，蚤夜以求從祝規。」於是東都之人士，咸知大夫與先生，果能相與以有成也，遂各爲歌詩六韻，退，⑦愈爲之序云。

注釋

①石洪，洛陽人。

②河陽軍節度使治孟州，故城在今河南孟縣。烏公，名重胤。

③嵩、邙，二山名。瀍、穀，二水名，皆在洛陽。

④王良、造父，皆古之善御者。

⑤恆，州名，今河北正定縣，憲宗元和四年，成德軍節度使王士真卒，其子承宗據恆州而叛。

⑥歸，與饋同。

⑦退，或作遣。

析評

樓迂齋云：

看前面大夫從事，四轉反覆，又看後面四轉祝辭，有無限曲折變態，愈轉愈佳，中間一聯，用三句譬喻，意聯屬而語不重疊。

茅坤云：

以議論行敘事，當是退之變調，然予獨不甚喜此文。

何焯云：

此篇命意，蓋因石之行，望重裔盡力轉輸，使朝廷克成討王承宗之功，不可復若盧從史之陰與之通，而位置有體，藏諷諭於不覺。

錢豐寰云：

通篇總是「相與有成」四字，石先生安貧樂道，學博謀長，便見不肯圖利于大夫，私便其身，而能以道自任。大夫為國為民，求士輔政，便見非富其家，餓其師，受佞人昧於諂言之人，而能以義取人，一篇皆含此意，至末節方曰：「於是東都之士，咸知大夫與先生，果能相與以有成也。」一篇之意，歸結在一句上，真是妙手。

儲　欣云：

不是以議論行敘事，正是以敘事行議論耳，此法自韓而創，然大較由史漢出，而公尤變動不測。

汪武曹云：

凡賓主平日之賢，與目前主之能取人，賓之自任，及後日主之宜唯賓是聽，賓之不宜圖利於主意，或就從事口中講出，或就祝辭中講出，俱不用呆寫，此是實者皆虛之法。

張伯行云：

石處士懷抱高才，不苟應聘，而幡然赴烏公之命，寫得有聲有色。但當時藩鎮權重，聘士皆引為私人；而士之游幕下者，孳孳為利而已。故欲烏公聽處士之謀畫，以保寵命，又欲處士無懷利以事大夫，此作序之大旨。妙在盡託他人之言，使觀者渾然不覺，而深味無窮。

林雲銘云：

要說處士賢，又要說節度賢；要說目前相得，又要說異日建功，若係俗筆便成濫套，看他特地尋出一個從事，一個祖餞之人，層層說來，段落句法，無不錯落古奧，乃知推陳出新，總在練局，此文家秘密法也。

林　紓云：

石洪溫造二序，人同事同，而行文製局，乃大不同，石洪本無可紀，著眼全在烏公，文末祝詞，恒患其為藩鎮之禍，此昌黎託石生以示諷也，文至嚴重，句斟字酌，一字不肯苟下。

今案：此文多用應答之體，以敍其事，於韓文之中，亦別具一格者也，前幅以「求賢求士」為主，後幅以「相視為國」為要，乃全借他人之口，說盡多少箴規諷諭，而文末結語，謂大夫與先生，「果能相與以有成也」，一句收束，實具有萬鈞筆力，然後悟前文所敍冗雜之詞，則皆若網在綱，有條而不紊矣。

送溫處士赴河陽軍序

伯樂一過冀北之野，而馬羣遂空；夫冀北馬多天下，伯樂雖善知馬，安能空其羣邪？解之者曰：「吾所謂空，非無馬也，無良馬也，伯樂知馬，遇其良，輒取之，羣無留良焉，苟無良，雖謂無馬，不爲虛語矣。」

東都固士大夫之冀北也，恃才能深藏而不市者，洛之北涯曰石生，其南涯曰溫生。大夫烏公以鈇鉞鎭河陽之三月，以石生爲才，以禮爲羅，羅而致之幕下；未數月也，以溫生爲才，於是以石生爲媒，以禮爲羅，又羅而致之幕下。東都雖信多才士，朝取一人焉，拔其尤，暮取一人焉，拔其尤，自居守河南尹以及百司之執事，與吾輩二縣之大夫，②政有所不通，事有所可疑，奚所諮而處焉？士大夫之去位而巷處者，誰與嬉遊？小子後生，於何考德而問業焉？搢紳之東西行過是都者，無所禮於其廬；若是而稱曰，大夫烏公一鎭河陽，而東都處士之廬無人焉，豈不可也？夫南面而聽天下，其所託重而恃力者，惟相與將耳；相爲天子得人於朝廷，將爲天子得文武士於幕下，求內外無治，不可得也。

愈縻於茲，不能自引去，資二生以待老，今皆爲有力者奪之，其何能無介然於懷邪？生既至，拜公於軍門，其爲吾以前所稱爲天下賀，以後所稱爲吾致私怨於盡取也！留守相公首爲四韻詩歌其事，③愈因推其意而序之。

注釋

①溫造，河內人，溫大雅之後。

②河南尹，指東都留守鄭餘慶，二縣，指東都郭下二邑，河南洛陽也，愈時為河南令。

③新唐書藝文志有鄭餘慶集十卷，今佚，全唐詩僅載鄭詩二首，無此篇。

析評

謝疊山云：

文有氣力，有光焰，頓挫豪宕，讀之快人意，可以發人才思。

虞邵庵云：

前二段是譬喻格，伯樂譬烏公，冀北譬東都，馬譬處士，良馬譬溫石二生，凡四段。

林次崖云：

此篇都不待說溫之賢，只說溫生旣取，而東都之士遂空，溫生之賢，昭然可見，文字有法度。

茅　坤云：

以烏公得士為文，而溫生之賢自見。

儲　欣云：

不數月，連拔兩生，發端一句，最着意，最擔斤兩，此處得手，以後更不費力。

金聖歎云：

前憑空以冀北馬空起，中憑空撰出無數人嗟怨，後又憑空結以自己嗟怨，俱是憑空文字。

浦二田云：

一幕下，連番聘士，一東都，連番送人，從此得竅，使生出且賀且怨，神理灌注全篇，賀平而怨奇，賀直而怨樹，以此推溫，以此頌烏，一火燒，一鑊熟。

張伯行云：

全篇以空羣二字作眼目，所以極寫溫生之賢也。而其精神命脈，在為天子得人數句，言得斯人之賢，總為効忠天子耳，非為一己之私也。結句前所稱卽指此段，後所稱乃指愈麾於茲一段，文法自明，讀者多混，故及之。

林雲銘云：

德宗以李希烈之亂，于建中四年二月，以河陽三城懷衛州為河陽軍，此分前此昭義所管，別為一軍也。溫造字簡輿，元和間隱居王屋，後當穆宗時為侍御史，奏李祐違勅進馬。祐自言為之膽落，則其賢可知。烏公所擧，實在延致石生之後，且用石生代請，不得不並敘石生；旣敘石生，又不得不以廣攬歸美烏公。忽作幸語，忽生怨語，其所謂時事之艱，佐軍之要，與夫節度處士之賢一概閣起，不道一字，的是後次再擧之文，他篇移用不得。人以為奇肆，其實乃一定之法也。但敘得淋漓跌宕，使人自見共奇肆耳！讀者當玩其練局之妙。

吳楚材吳調侯云：

全篇無一語實說溫生之賢，而溫生已處處躍露。若是而稱曰數語，是結前半篇；其為吾以前所稱，是結後半篇；然致私怨于盡取句，直挽到篇首空字，收盡通章。

吳汝綸云：

韓公嶔奇尚節之士，於溫石等之趨迎大府，意皆不以為然，寄盧仝詩所謂「彼皆哆口論世事，有力未免遭驅使」者也，此文意含諧諷，詞特屈曲盤旋，在韓集中，亦不可多得之文字。…………止為「處士之盧無人」一語，不可輕出，故盡力蓄勢，前半幅文字，專為頓出此句，遂爾精采四射，看其用思，何等靈幻奇絕，伯時畫馬，先畫馬鼻，鼻之俯仰偃側，全馬之勢因之，「若是」以下數語，全文中之馬鼻也。

林　紓云：

送溫生序，有石生為媒介，著手稍易，但序烏公之多得士，與前作已稍別，不至相犯。說烏公攘奪其友，不能無介於懷，又言致私怨於盡取，極意寫己之不悅，然烏公見之，則大悅矣，此文字之狡獪動人處。文中自居守河南尹以下數行，筆筆活著，熟讀之，可悟文字之波瀾。

錢基博云：

送石處士序、送溫處士赴河陽軍序，章法牝牡，自相映帶，乃用太史公李廣與衞青霍去病兩傳，牝牡見意之法。

莊　適臧勵龢云：

送溫處士赴河陽軍序，全篇無一句說到溫生之賢，大概薄其輕出，故意含滑稽；然又含蓄不露，須細看纔見。

今案：通篇議論，以譬喻引起，前段文字，似以溫生為重，實則為客，後段文字，似以烏公為輔，實則為主，並以溫生之賢，襯托烏公能識人為尤賢也。文公送石處士序，純以實敍，送溫處士序，純以虛擬，而神采精光，固各極其妙也。

祭鄭夫人文①

維年月日，愈謹於逆旅備時羞之奠，再拜頓首，敢昭祭于六嫂滎陽鄭氏夫人之靈，②嗚呼！天禍我家，降集百殃，我生不辰，三歲而孤，③蒙幼未知，鞠我者兄。

在死而生，實維嫂恩。未齔一年，④兄宦王官，⑤提攜負任，去洛居秦，念寒而衣，念飢而飧，疾疹水火，無災及身，劬勞閔閔，保此愚庸，年方及紀，荐及凶屯。⑥兄罹讒口，承命遠遷，窮荒海隅，夭閼百年，⑦萬里故鄉，幼孤在前，相顧不歸，泣血號天！微嫂之力，化爲夷蠻，水浮陸走，丹旐翩然，⑧至誠感神，返葬中原。⑨旣克反葬，遭時艱難，百口偕行，避地江濆，⑩春秋霜露，薦敬蘋蘩，以享韓氏之祖考，曰此韓氏之門。

視余猶子，誨化諄諄，爰來京師，⑪年在成人，屢貢于王，名迺有聞，念茲頓頑，⑫非訓曷因，感傷懷歸，隕涕熏心！苟容躁進，不顧其躬，祿仕而還，以爲家榮，奔走乞假，東西北南，孰云此來，迺睹靈車，有志弗及，長負殷勤！嗚呼哀哉！昔在韶州之行，⑬受命于元兄曰：「爾幼養于嫂，喪服必以朞！」⑭今其敢忘，天實臨之！

嗚呼哀哉！日月有時，歸合塋封，終天永辭，絕而復蘇。伏惟尙饗！

注釋

①鄭夫人，韓會之妻，韓愈之嫂也，愈少孤，育於其嫂，鄭夫人歿，愈為之服期。此文作於貞元十一年往河陽之時。

②今河南滎陽縣。

③代宗大曆五年，愈父仲卿卒。

④齔，音襯，孩童換齒也。說文：「男八歲女七歲而齔。」

⑤王官，地名，故城在今山西虞鄉縣南。

⑥大曆十二年五月，會坐元載黨，自起居舍人貶韶州刺史，愈時年十一，從至貶所。

⑦韓會卒於韶州，年四十二，閼音遏，止也。

⑧丹旐，喪家所用之銘旌也。

⑨古稱河南為中州，亦曰中原，此指葬於河陽也。

⑩德宗建中二年，中原多故，愈從嫂鄭夫人避地江左。

⑪貞元二年，愈自宣州遊京師。

⑫頓，同鈍。

⑬韶州，今廣東曲江縣。

⑭嫂叔舊無服，貞觀中魏徵令狐德棻等議請服小功五月，制可，愈幼養於嫂，服期，所以報也。

析評

林紓云：

昌黎祭嫂氏鄭夫人文，哀惋極矣。且述元兄命，為嫂服期。期者，古之母服也。唐制長年之嫂，遇提孩之叔，劬勞鞠養，情苦所生，其死也，服小功，昌黎蓋因朝制而加厚焉。文不假雕飾，而備極沈痛，然尚能為韻語。至祭十二郎文，至痛徹心，不能為辭，則變調為散體，飽述其哀，只用家常語，節節追維，皆足痛哭。

莊適臧勵龢云：

祭鄭夫人文，禮，嫂叔不通問，叔而祭嫂，似非古人所許；但愈早孤，鄭夫人以長以教，自不能與尋常嫂叔相比；文極沈痛，然尚能作韻語。

今案：文公自幼養於鄭夫人家，長嫂如母，乃鞠育之恩未報，悲泣之情難當，故為服期，用表追念，而胸懷淒苦，所撰祭辭，亦備極沈痛耳。

祭十二郎文

年月日，②季父愈聞汝喪之七日，乃能銜哀致誠，使建中遠具時羞之奠，告汝十二郎之靈：嗚呼！吾少孤，及長，不省所怙，③惟兄嫂是依。中年，兄歿南方，④吾與汝俱幼，從嫂歸葬河陽，既又與汝就食江南，零丁孤苦，未嘗一日相離也。吾上有三兄，皆不幸早世，承先人後者，在孫惟汝，在子惟吾，兩世一身，形單影隻，嫂常撫汝指吾而言曰：「韓氏兩世，惟此而已！」汝時尤小，當不復記憶，吾時雖能記憶，亦未知其言之悲也。吾年十九，⑤始來京城。其後四年而歸視汝。又四年，吾往河陽省墳墓，遇汝從嫂喪來葬。又二年，吾佐董丞相于汴州，⑥汝來省吾；止一歲，請歸取其孥。明年，丞相薨，吾去汴州，汝不果來。是年，吾佐戎徐州，⑦使取汝者始行，吾又罷去，汝又不果來。⑧吾念汝從于東，東亦客也，不可以久，圖久遠者，莫如西歸，將成家而致汝，嗚呼！孰謂汝遽去吾而歿乎！吾與汝俱少年，以爲雖暫相別，終當久相與處，故捨汝而旅食京師，以求斗斛之祿；誠知其如此，雖萬乘之公相，吾不以一日輟汝而就也！

去年，孟東野往，吾書與汝曰：「吾年未四十，而視茫茫，而髮蒼蒼，而齒牙動搖。」念諸父與諸兄，皆康彊而早世，如吾之衰者其能久存乎，吾不可去，汝不肯來，恐旦暮死，而汝抱無涯之戚也；孰謂少者歿而長者存，彊者夭而病者全乎！嗚呼！其信然邪？其夢邪？其傳之非其眞邪？信也，吾兄之盛德而夭其嗣乎？汝之純明而不克蒙其澤乎？少者彊者而夭歿，長者衰者而存全乎？未可以爲信也。夢也，傳之非其眞也，東野之書，耿蘭之報，⑨何爲而在吾側也？嗚呼！其信然矣！吾兄之盛德而夭其嗣矣！汝之純明宜業其家者，不克蒙其澤矣！所謂天者誠難測，而神者誠難明矣！所謂理者不可推，而壽者不可知矣！雖然，吾自今年來，蒼蒼者或化而爲白矣，動搖者或脫而落矣，毛血日益衰，志氣日益微，幾何不從汝而死也；死而有知，其幾何離，其無知，悲不幾時，而不悲者無窮期矣！汝之子始十歲，⑩吾之子始五歲，⑪少而彊者不可保，如此孩提者，又可冀其成立邪？嗚呼哀哉！嗚呼哀哉！

汝去年書云：「比得軟脚病，往往而劇。」吾曰：「是疾也，江南之人，常常有之。」未始以爲憂也。嗚呼！其竟以此而殞其生乎？抑別有疾而至斯乎？汝之書，六月十七日也，東野云：「汝歿以六月二日。」耿蘭之報無月日；蓋東野之使者，不知問家人以月日，如耿蘭之報，不知當言月日，東野與吾書，乃問使者，使者妄稱以應之耳，其然乎？其不然乎？今吾使建中祭汝，弔汝之孤，與汝之乳母，彼有食可守以待終喪，則待終喪而取以來；如不能守以終喪，則遂取以來；其餘奴婢，並令守汝喪。吾力能改葬，終葬汝於先人之兆，然後惟其所願。

嗚呼！汝病吾不知時，汝歿吾不知日，生不能相養以共居，歿不得撫汝以盡哀，歛不憑其棺，窆不臨其穴，⑫吾行負神明而使汝夭，不孝不慈，而不得與汝相養以生相守以死，一在天之涯，一在地之角，生而影不與吾形相依，死而魂不與吾夢相接，吾實爲之，其又何尤！彼蒼者天，曷其有極！自今已往，吾其無意於人世矣，當求數頃之田於伊潁之上，⑬以待餘年，教吾子與汝子，幸其成，長吾女與汝女，待其嫁，如此而已！嗚呼！言有窮而情不可終，汝其知也邪？其不知也邪？嗚呼哀哉，尚饗！

注釋

①十二郎，名老成，乃愈兄率府參軍韓介次子，愈兄韓會無子，以老成為後。

②一作貞元十九年五月二十六日。

③詩小雅蓼莪：「無父何怙。」釋文：「怙，賴也。」

④兄，指韓會，中年，謂兄歿在中年也，南方，指韶州。

⑤貞元二年。

⑥貞元十三年，董晉為汴州節度使，汴州，今河南開封。

⑦貞元十五年二月，董晉卒，是年秋，張建封辟愈為徐州節度推官。

⑧貞元十六年五月，張建封卒，愈西歸洛陽。

⑨耿蘭，家人之名。

⑩老成，有二子，名湘名滂，韓介子百川死，無後，愈命滂歸為介之後，老成死時，湘年十歲。

⑪指韓昶。

⑫窆，下棺也。墓地塋兆曰穴。

⑬伊潁，二水名，皆出河南省。

析 評

茅 坤云：

通篇情意刺骨，無限悽切，祭文中千古絕調。

張伯行云：

昌黎曾為其嫂服一年喪，君子以為知禮，況韓氏兩世之語，於心極不忘乎！固宜此篇之情辭深至，動人悽惻也。

曾國藩云：

述哀之文，究以用韻為宜，韓公如神龍萬變，無所不可，後人則不必效之。

林雲銘云：

祭文中出以情至之語，以茲為最，蓋以其一身承世代之單傳，可哀一。年少且強而早世，可哀二。子女俱幼，無以為自立計，可哀三。就死者論之，已不堪道如此，而韓公以不料其死而遽死，可哀四。相依日久，以求祿遠離，不能送終，可哀五。報者年月不符，不知是何病亡何日歿，可哀六。在祭者處此更難為情矣！故自首至尾，句句俱以自己插入伴講，始相依，繼相離，瑣瑣敍出。復以己衰當死，少而強者不當死，作一疑一信波瀾，然後以不知何病，不知何日，慨歎一番。末歸罪於己，不當求祿遠離，而以教嫁子女作結，安死者之心，亦把自家子女平平敍入。總見自生至死，無不一體關情，悱惻無極，所以為絕世奇文。

吳楚材吳調侯云：

情之至者，自然流為至文。讀此等文，須想其一面哭一面寫，字字是血，字字是淚，未嘗有意為文，而文無不工，祭文中千年絕調。

林　紓云：

文作於貞元十九年，公又在不得意中。十二月，貶陽山之命下，以家難之劇，猝生於不得意之時，雖以昌黎聖手，亦萬不能處處作韵語，故直起直落，文中所謂吾兄之盛德，而夭其嗣。兄指韓會也。以下或敘事，或敘悲，錯錯雜雜，說來俱成文理。吾亦不能繩以文字之法，分為段落，但覺一片哀音，聽之皆應節奏。瀧岡阡表，於二百七十年後，固宜與之作配。然歐公自得意後述哀，不如昌黎在不得意中述哀，尤為懇摯。且二公通塞不同，故語亦稍別。

錢基博云：

祭十二郎文，骨肉之痛，急不暇修飾，縱筆一揮；而於噴薄處見雄肆，於嗚咽處見深懇，提振轉折，邁往莫禦。如雲驅飆馳，又如龍虎吟嘯，放聲長號，而氣格自緊健。

莊　適臧勵龢云：

祭十二郎文，至痛徹心，不能成聲，錯雜寫來，只覺得一片哀音，纏繞筆下，不能以段落分，亦不能以普通文字之法繩之。

今案：有泣有號，有悲有慟，深情流露，和以血淚，此天地間之至文，不可以規格求，亦不必以規格求也。

試大理評事王君墓誌銘

君諱適，姓王氏，好讀書，懷奇負氣，不肯隨人後舉選，見功業有道路可指取有，名節可以戾契致，①困於無資地，不能自出，乃以干諸公貴人，借助聲勢；諸公貴人既志得，皆樂熟軟媚耳目者，不喜聞生語，一見輒戒門以絕。上初卽位，②以四科募天下士，③君笑曰：「此非吾時邪！」卽提所作書，緣道歌吟，趨直言試。既至，對語驚人，不中第益困。④久之，聞金吾李將軍年少喜士，可撼，乃踏門告曰：「天下奇男子王適，願見將軍白事！」⑤一見語合意，往來門下，盧從史既節度昭義軍，張甚，奴視法度士，欲聞無顧忌大語，有以君生平告者，卽遣客鉤致，君曰：「狂子不足以共事！」立謝客。李將軍由是待益厚，奏爲其衞胄曹參軍，充引駕仗判官，盡用其言。將軍遷帥鳳翔，⑥君隨往，改試大理評事，攝監察御史，觀察判官，櫛垢爬痒，民獲蘇醒。居歲餘，如有所不樂，一旦載妻子入閿鄉南山，不顧。⑦中書舍人王涯獨孤郁，吏部郎中張惟素，比部郎中韓愈，日發書問訊；顧不可強起，不卽薦。明年九月，疾病，輿醫京師；其月某日卒，⑧年四十四。十一月某日，卽葬京城西南長安縣界中。

曾祖爽，洪州武寧令。⑨祖微，右衞騎曹參軍。父嵩，蘇州崑山丞。⑩妻，上谷侯氏處士高女。⑪高固奇士，自方阿衡太師，⑫世莫能用吾言；再試吏，再怒去，發狂投江水。初，處士將嫁其女，懲曰：「吾以齟齬窮，一女憐之，必嫁官人，不以與凡子！」君曰：「吾求婦氏久矣，唯此翁可人意；且聞其女賢，不可以失！」卽謾謂媒嫗：「吾明經及第，且選卽官人，侯翁女幸嫁，若能令翁許我，請進百金爲嫗謝！」諾許白翁。翁曰：「誠官人邪？取文書來！」君計窮吐實。嫗曰：「無苦！翁大人，不疑人欺，我得一卷書，粗若告身者，⑬我袖以往，翁見，未必取眎，幸而聽我，行其謀。」翁望見文書銜袖，果信不疑，曰：「足矣！」以女與王氏。生三子，一男二女；男三歲夭死，長女嫁亳州永城尉姚侹，⑭其季始十歲。

銘曰：

鼎也不可以柱車，馬也不可使守閭。佩玉長裾，不利走趨。秖繫其逢，不繫巧愚。不諧其須，有銜不祛。⑮鑽石埋辭，以列幽墟。

注釋

①戾契，謂奇邪不正之行。

②上，指憲宗。

③元和元年四月，試博通墳典達於教化科，才識兼茂明於體用科，達於吏理可使從政科，軍謀宏遠堪任將帥科，是謂四科。

④王適初舉賢良方正直言極諫科，以太直見詘。

⑤李將軍，指李惟簡，蹐，小步也，一作踏。

⑥元和六年五月，李惟簡調鳳翔隴州節度使，鳳翔，今陝西鳳翔縣。

⑦閺，音閿，本當作閿，訛作閺，閿鄉，今河南閿鄉縣。

⑧當是元和九年。

⑨武寧，今江西武寧縣。

⑩崑山，今江蘇崑山縣。

⑪上谷，郡名，在今河北易縣。

⑫阿衡，指伊尹。太師，指呂尚。

⑬唐制，奏授判補之官，皆給以符，謂之告身。

⑭永城，今河南永城縣。

⑮銜，馬勒口，袪，開也，言不合所需，則銜結而不開。

析評

王安石云：

退之善為銘，如王適張徹銘，尤奇也。

茅坤云：

澹宕多奇。

曾國藩云：

以蔡伯喈碑文律之，此等已失古意，然能者游戲，無所不可，末流效之，乃墮惡趣矣。

何焯云：

一妻耳，猶謾言官人而乃得之，則何事不困於無資地而不能自出乎，書此以見其窮，所謂微而顯也。

張伯行云：

敍事奇崛，其刻畫瑣細處，使人神采踴躍，全是太史公筆法，銘詞尤古奧，後人無從著手。

張裕釗云：

寫嫖姚俶儻之概於譎絕奇宕之中，其間翩若驚鴻處，往往使讀者洒悚欲絕。

汪武曹云：

司馬相如傳詳敍文君事，則此載娶婦事何妨……筆高，故不類小說。

高步瀛云：

汪氏筆高之評甚是，今人或謂事有關係者，使不類小說，則殊不然。

莊適臧勵龢云：

試大理評事王君墓誌銘，通篇只一奇字，人奇，遇奇，隱奇，得妻尤奇；筆致極澹宕。

今案：若王適者，亦天下之振奇人也，任性而行，罔顧禮法，宜其所遇難諧，命途多舛也，此篇之作，其於王君疏狂奇崛，文公既稱美之矣，反觀己身拘拘謹謹者，文公或亦不能絲毫無所感慨於其中歟！

柳州羅池廟碑

羅池廟者，故刺史柳侯廟也。②柳侯爲州，不鄙夷其民，動以禮法，三年，民各自矜奮，「茲土雖遠京師，吾等亦天氓，今天幸惠仁侯，若不化服，我則非人。」於是老少相教語，莫違侯令。凡有所爲於其鄉閭及於其家，皆曰：「吾侯聞之，得無不可於意否？」莫不忖度而後從事。凡令之期，民勸趨之，無有後先，必以其時。於是民業有經，公無負租，流逋四歸，樂生興事，宅有新屋，步有新船，③池園潔脩，豬牛鴨雞，肥大蕃息，子嚴父詔，婦順夫指，嫁娶葬送，各有條法，出相弟長，入相慈孝。先時民貧，以男女相質，久不得贖，盡沒爲隸，我侯之至，按國之故，以傭除本，悉奪歸之。④大修孔子廟，城郭巷道，皆治使端正，樹以名木。柳民既皆悅喜。嘗與其部將魏忠謝寧歐陽翼飲酒驛亭，謂曰：「吾棄於時而寄於此，與若等好也；明年吾將死，死而爲神，後三年，爲廟祀我！」及期而死。⑤

三年，孟秋辛卯，侯降于州之後堂，歐陽翼等見而拜之。其夕，夢翼而告曰：「館我於羅池！」其月景辰，⑥廟成，大祭，過客李儀醉酒，慢侮堂上，得疾，扶出廟門，卽死。明年春，魏忠歐陽翼使謝寧來京師，請書其事于石，余謂柳侯生能澤其民，死能驚動福禍之，以食其土，可謂靈也已。作迎享送神詩遺柳民，俾歌以祀焉，而并刻之。柳侯，河東人，諱宗元，字子厚，賢而有文章，嘗位於朝，光顯矣，已而擯不用。其辭曰：

荔子丹兮蕉黃，雜肴蔬兮進侯堂。侯之船兮兩旗，度中流兮風泊之；待侯不來兮不知我悲；侯乘駒兮入廟，慰我民兮不嚬以笑。鵝之山兮柳之水，⑦桂樹團團兮白石齒齒，⑧侯朝出游兮暮來歸，春與猨吟兮秋鶴與飛，北方之人兮爲侯是非，千秋萬歲兮侯無我違，福我兮壽我，驅厲鬼兮山之左，下無苦濕兮高無乾，秔稌充羡兮蛇蛟結蟠；⑨我民報事兮，無怠其始，自今兮欽于世世。

注釋

①柳州，今廣西馬平縣。

②柳宗元於元和十年三月自永州司馬為柳州刺史。

③步，或作涉，柳宗元永州鐵爐步志云：「江之滸，凡舟可縻而上下曰步。」

④柳州之俗，以男女質錢，約不時贖，子本相侔，則沒為奴婢，宗元為設方計，悉令贖歸，

其尤貧，力不能者，令書其傭，足相當，則使歸其質。

⑤元和十四年十月，宗元卒。

⑥景辰，即丙辰，避唐世祖諱改，世祖名昞。

⑦鵝山，一作峨山，在馬平縣西，柳之水，出鵝山，即名峨水。

⑧桂樹團團，木茂也，白石齒齒，石險也。

⑨秔，稻之不黏而晚熟者，俗作粳。稌，穤稻也。此言秔稌之穗如蛇蛟也。

析評

方苞云：

詳著治蹟，所以著柳氏之戴侯與侯之神，所以安於柳也。

沈德潛云：

以死勤民，宜列祀典中，吾將死，死而為神三段，似非儒者之言，劉昫貶為紕繆者此也，迎送神詞，宛然九歌，宜朱子采附楚辭之後。

曾國藩云：

此文情韻不匱，聲調鏗鏘，乃文章第一妙境，情以生文，文亦足以生情，文以引聲，聲亦足以引文，循環互發，油然不能已，庶可漸入佳境。

吳汝綸云：

此因柳人神之，遂著其死後精魄凜凜，以見生時之屈抑。所謂深痛惜之，意旨最為沈鬱，史官乃妄議之，不知此乃左氏之神境也。

林紓云：

按舊史公傳云：南人妄以柳宗元為羅池神，而愈撰碑以實之。於是羅池廟碑，頗為有識者詬病。然新史但書其事於子厚傳，一無褒貶之詞。鄙見盲左屢言神怪，不為世尤者，左氏未嘗以道統自居。昌黎平日深貶佛老之事，而此碑忽言幽冥靈迹，不能不棘時眼。實則就文論文，佳處自在。此文幽峭頗近柳州，如「天幸惠仁侯，若不化服，我則非人。」此三語，純乎柳州矣。柳州勍峭，每於短句見長技，用字為人人意中所有，用意乃為人人筆下所無。昌黎則長短皆宜。自民業有經起，出相弟長，入相慈孝，純用四言，積疊而下，文氣未嘗喘促，此亦昌黎平日所長，但觀南海廟碑自見。及敘到柳侯將死，死而為神，閒閒出自遺囑，不為驚駭之詞，神來用一降字，示夢用一館字，古雅已極。

使讀者不敢斥為齊諧，正以行文莊重也。李儀醉酒慢侮堂上，而得疾以死，此或適然之事。文與神牽涉處，在卽死二字。似子厚真能降罰儀身，然只閒敘而過，似是而非，不為臆斷。若在俗手，必補出神之靈迹矣。顧少為張皇，卽乖文體，辭亦全摹子厚。子厚集中騷體，直追宋玉，昌黎此辭，似亦不弱。

錢基博云：

柳子厚墓誌銘，悲子厚之不自貴重，為交道言之也。柳州羅池墓碑，記柳侯之民有遺愛，以民意言之也。柳州之政，亦見柳子厚墓誌，然不過以著生平之一節，而重在寫其文學辭章，必能自力以致必傳於後。而柳州羅池廟碑，則重在敘柳州之政，而柳侯之生平，亦不可不略著其概；入後曰：「柳侯，河東人，諱宗元，字子厚，賢而有文章，嘗位於朝，光顯矣；已而擯不用。」蓋隱括柳子厚墓誌意，而出以簡廉也。讀者於此可悟篇外之結構；而細玩兩篇，互為牝牡，意不相複，而辭亦異趣。柳子厚墓誌銘，長篇渾灝，出以雄沛，陵紙怪發，感槩淋漓，太史公之健筆也。柳州羅池廟碑，短語矜練，出以安和，歛氣神定，意思安閑，蔡邕之雅度也。惟邕多襲詩書語，而雜厠左國，不知愈之詞必己出；又邕豐於詞而嗇於味，不如愈之情韻不匱。至詩以迎神，陳其地、其人，備物之饗，游處之樂，報事之不怠，不如北方之人為侯是非，以歆動之，則原本楚辭招魂；而情致風華，飄蕩婉折，依倣九歌。惟九歌託詞以寓諷，此則比事而屬詞也。

莊　適藏勵龢云：

羅池廟碑頗為有識者所詬病，愈平日痛斥佛老，而此碑忽說出幽冥靈迹，故不免為時人所譏也；實則就文論文，佳處自不能沒；幽峭頗近柳州。

今案：此文用意，在哀宗元之窮死荒域，終老不返，故不惜神異其事，靈威奕奕，而為之感憤者，雖非碑銘正體，然悽愴傷懷，蘊含不盡，所為銘詞，嚮嗣九歌，是以昔人或謂此非銘羅池之神，乃弔宗元之文也。

殿中少監馬君墓誌

君諱繼祖，司徒贈太師北平莊武王之孫，少府監贈太子少傅諱暢之子。①生四歲，以門功拜太子舍人。積三十四年，五轉而至殿中少監。年三十七以卒。有男八人，女二人。

始余初冠，應進士貢，在京師，窮不自存，以故人稚弟拜北平王於馬前，②王問而憐之，因得見於安邑里第。③王軫其寒飢，賜食與衣，召二子使爲之主；其季遇我特厚，少府監贈太子少傅者也。姆抱幼子立側，眉眼如畫，髮漆黑，肌肉玉雪可念，殿中君也。當是時，見王於北亭，猶高山深林鉅谷，龍虎變化不測，傑魁人也。④退見少傅，翠竹碧梧，鸞鵠停峙，⑤能守其業者也。幼子娟好靜秀，瑤環瑜珥，蘭茁其牙，⑥稱其家兒也。

後四五年，吾成進士，⑦去而東游，哭北平王於客舍，⑧後十五六年，吾爲尚書都官郎，分司東都，而分府少傅卒，哭之。⑨又十餘年，至今哭少監焉。

嗚呼！吾未耄老，自始至今，未四十年，而哭其祖子孫三世，于人世何如也！人欲久不死而觀居此世者，何也？

注釋

①北平王馬燧，字洵美，德宗時為大將，與李晟渾瑊齊名。馬暢，燧之次子，暢有二子，長名敉，次郇繼祖。

②貞元三年，愈年二十，是年，渾瑊與吐蕃盟于平涼，馬燧預議，愈兄韓弇，以殿中待御史為判官，遇害。

③長安安邑坊奉誠園，馬燧之宅在此。

④馬燧身長六尺二寸，故以是稱之。

⑤猶鸞鵠停於竹梧之上。

⑥茁，草初生貌。

⑦貞元八年，愈登進士第。

⑧貞元十一年五月，愈東歸河陽，八月，馬燧卒。

⑨元和五年，馬暢卒。自貞元十一年至是，凡十六年。

析評

唐順之云：

此歐文黃夢升張應之諸作之祖。

茅坤云：

以平平故舊志墓，最悲涼可涕。

何焯云：

如此俯仰淋漓，仍是簡古，不覺繁溢。

方苞云：

他無可述，故載死生離合之迹。

沈德潛云：

哭步監幷哭其父祖，將三世官位，三世交情，三世死喪，層疊傳寫，字字嗚咽，墓誌中變體也。……北平王燧子暢，暢子繼祖，暢為宦官竇文場所讒，暢懼，進宅，廢為奉誠園，白太傅詩謂「不見馬家宅，今作奉誠園」是也，暢之後，有流為丐者，吳融遇於敷水，作詩閔之，唐之待功臣，亦云少恩矣，昌黎作誌時，馬氏已衰，文中不便說明，以含蓄出之，讀者須領悟於意言之外。

劉大櫆云：

少監無一事可紀，乃以三世交游，作兩番摹寫，古色古聲，造出奇偉，於此見公之才力，六一屢仿效之，而未能也。

汪武曹云：

不敍其一事，只就三世交情上敍次感慨。

曾國藩云：

情韻不匱……凡誌墓之文，懼千百年後谷遷陵改，見者不知誰氏之墓，故刻石以文告之也，語氣須是對不知誰何之人說話，此文少乖，似哀誄文序。

王宋賢云：

其後燧第改為奉誠園，諸孫至有丐于路者，見吳融敷水道見丐者一詩，使公後死若干年，親見此事，其感慨更當何如也。

林雲銘云：

墓有左誌右銘，或求一人獨作，或求兩人分作，此則分作其誌者也。殿中君本以門功授官，歷俸而轉，無錚錚可記者，故篇中不填一句行實。但北平王有大功於國，與李晟、渾瑊齊名，後人實難為繼。孩提之時，稱其家兒，則後此能守其業可知，此卽是行實也，總以祖北平王為主。其以交情感慨成文，蓋緣當厄之患，刻不能忘，故不禁纏綿悲惻，遂別成一奇格。厥後盧陵作誌銘，多以為藍本，遂成正調矣！

林紓云：

殿中少監馬君墓誌，空衍無可著筆。而昌黎文字乃燦爛作珠光照人，真令人莫測。繼祖紈袴兒耳，所長處，眉眼如畫，髮黑漆，肌肉玉雪可念耳。此等狀態，凡長於富貴家襁褓中，誰則無之。然難在為北平莊武王之孫，又難在遇王舊屬韓弇之弟，為絕代能文之韓退之，此其所以傳也。自此體一創，後之文家爭摹仿而成金石之例，摭拾細碎，均可成篇，而皆不及退之者。凡此等體，皆可偶而不可常，既無事實，寧不作可也。

吳闓生云：

韓文以雄奇勝，獨此文與羅池廟碑，送董邵南序諸篇，情韻深美，令讀者往復不厭，歐公釋祕演集序，張子野墓銘，河南司錄張君墓表諸作，蓋源於此，然其氣味之古厚，亦稍遜矣……此上摹寫少監三世狀態，歷歷如畫，雖未嘗敘述一事，而其人之精神意象，無不畢見，是為神妙，然自下文言之，則皆係逆筆，與平鋪直敘者迥別。

莊　適藏勵龢云：

殿中少監馬君墓誌，羌無故實，幾令人無可着筆，且繼祖一紈袴兒，又有何可誌，所以誌之者，第為莊武王之關係耳，而愈之作此，又因韓弇為莊武王舊屬之關係，借此渲染，使無可着筆者，遂成一篇妙文；「眉眼如畫」四句，不過作一點眼，蓋此等形相，富貴人家子弟，多數如此，並無足奇，若專就此處着筆，卽為笨伯。

今案：「持而盈之，不如其已，揣而梲之，不可長保，金玉滿堂，莫之能守，富貴而驕，自遺其咎。」善乎老氏之能言也，夫創業維艱，守成不易，是以古人常懼盈滿，而以驕矜為戒，蓋所以常守其謙抑也，此篇之作，雖曰繼祖無事可述，然而文公於四十年間，不唯哭少監祖孫三世，亦見其自富貴而滿溢而傾圮而衰亡，榮枯興替，一一在目，此所以文公不免於百感交集而喟歎實深者也。

又案：唐宋文醇嘗記：「馬燧沈雄忠力，名蓋一時，功績既顯，貲亦甲天下，子暢又善殖財，家最豐厚，晚為豪右侵牟，中官逼取，遂至困窮，諸子無室廬自託，所為殿中君者，暢子繼祖也，始生，德宗命之名，退而笑曰，此有二義，意謂以索繫祖也，暢嘗以第中大杏饋賓文場，文場以進德宗，德宗未嘗見，頗怪之，令就第封杏樹，暢懼進宅，廢為奉誠園，屋木盡折入內，白居易詩云，不見馬家宅，今作奉誠園者也，新唐書云，當世視暢以厚蓄為戒，吳融於數水遇丐者，乃燧諸孫，為詩曰：天地塵昏九鼎危，大貂曾出武侯師，一心忠赤山河見，百戰功名日月知，舊宅已聞栽禁樹，諸孫仍見丐征歧，而今不要教人識，正藉將軍死鬪時。夫馬氏子孫，不能惕制於平時，自致摧敗零落，固已，然唐室之不復昌，豈盡天命哉，括民膏血以悅驕兵叛將，而於忠臣子孫，少恩如此，夫安得而不亡，史言暢晚年已困窮，則繼祖死時，概可知矣，昌黎為誌，言人欲久不死而觀居此世者何也，不樂其生，而發詩人尚寐無訛之歎，夫豈專為馬氏言哉。」上述文字有助於誦習文公此篇，謹轉錄於此，以供參考。

鱷魚文

維年月日，①潮州刺史韓愈，使軍事衙推秦濟，以羊一豬一，投惡谿之潭水，②以與鱷魚食而告之曰：昔先王既有天下，列山澤，罔繩擉刃，③以除蟲蛇惡物爲民害者，驅而出之四海之外。及後王德薄，不能遠有，則江漢之閒，尚皆棄之，以與蠻夷楚越，況潮，嶺海之閒，去京師萬里哉！鱷魚之涵淹卵育於此，亦固其所。

今天子嗣唐位，神聖慈武，四海之外，六合之內，皆撫而有之，況禹跡所揜，揚州之近地，④刺史縣令之所治，出貢賦以供天地宗廟百神之祀之壤者哉！鱷魚其不可與刺史雜處此土也。刺史受天子命，守此土，治此民，而鱷魚睅然不安谿潭據處，食民畜熊豕鹿麞，以肥其身，以種其子孫，與刺史亢拒，爭爲長雄。刺史雖駑弱，亦安肯爲鱷魚低首下心，伈伈睍睍，⑤爲民吏羞，以偷活於此邪！

且承天子命以來爲吏，固其勢不得不與鱷魚辨，鱷魚有知，其聽刺史言！潮之州，大海在其南，鯨鵬之大，蝦蟹之細，無不容歸，以生以食，鱷魚朝發而夕至也，今與鱷魚約，盡三日，其率醜類南徙于海，以避天子之命吏；三日不能，至五日；五日不能，至七日；七日不能，是終不肯徙也，是不有刺史聽從其言也；不然，則是鱷魚冥頑不靈，刺史雖有言，不聞不知也。夫傲天子之命吏，不聽其言，不徙以避之，與冥頑不靈而爲民物害者，皆可殺，刺史則選材技吏民，操強弓毒矢，以與鱷魚從事，必盡殺，乃止，其無悔！

注釋

①一作「維元和十四年四月二十四日」。

②惡溪，又名鱷溪，卽韓江。

③烈，焚也。罔，同網。擉，音錯，刺也。

④揚州，古九州之一，禹貢云：「淮海惟揚州。」潮州去揚州最近。

⑤佖，音心，佖佖，恐懼貌。睍，音現，睍睍，小目貌。

析評

林次崖云：

祭一鱷魚，而義理正大，諷諭嚴切，殆與商盤周誥相表裏，或謂唐文之下於漢，以此較觀，未見其然也。

陳文貞云：

辭義嚴正，風霜集其腕下，所謂藺相如雖千載上人，凜凜然有生氣也，讀者至今，神思悚動，當日之感異類，理固然也。

沈德潛云：

從天子說到刺史，如高屋之建瓴水，一路逼拶而來，到後段，運以雷霆斧鉞之筆，凜不可犯。

曾國藩云：

文氣似諭巴蜀檄，彼以雄深，此則矯健。

何　焯云：

誠能動物，非其剛猛之謂，此文曲折次第，曲盡情理，所以近于六經，古者貓虎之類，俱有迎祭，而除治蟲獸黿龜，猶設專官，不以為物而不教且制也，韓子斯舉，明于古義矣，辭旨之妙，兩漢以來未有。

林雲銘云：

鱷魚為潮患，已非一日，若果可以驅殺，前此刺史當有行之者矣！海既可徙，則溪潭必與相通，至當徙時，猶能作暴風震電，則神靈亦與相護，雖有强弓毒矢，試問何處下手。在昌黎作此文時，豈能料其必徙？萬一不徙，等之兒戲耳！不知天子有道，山川百神，無不享祀効靈。鱷魚乃為民物之害，與天子命吏抗拒，縱幸逭於天誅，亦難逃於鬼責。故篇中段段提出天子，忽又插入天地宗廟百神之祀句來，以為悚動。篇末把有知無知二意雙敲，尤為妙絕。蓋鱷魚雖惡物，實是靈物。自知為人神所不容，若據此不去，以為有知造罪；既不可居，以為無知陷罪，又不願受，則南徙一著，豈待材技吏民從事而後決哉！然非平日實有忠君愛國之心，可以質諸天地鬼神者，雖有此篇妙文，亦未必信乎豚魚，令邪不干正如此。所以坡翁作潮州廟碑，言其精誠可以馴暴，亦根平日之氣來，可謂昌黎知己。文中提先王驅除作案，一步緊一步，字挾風霜，凜不可犯，似討罪檄文，然不謂之移檄，而謂之祭文者，仍以神靈之禮待之也。

吳楚材吳調侯云：

全篇只是不許鱷魚雜處此土，處處提出天子二字、刺史二字壓服他，如問罪之師，正正堂堂之陳，能令反側子心寒膽慄。

吳闓生云：

自七日不能以下，文勢已直注傲天子之命吏五句，而却不遽接下，純用盤旋頓挫之筆，以厚集其力，筆勢如障湧泉，如勒怒馬，洵奇觀也。

林紓云：

嚮與及門高生，論鱷魚文。最有工夫，在能用兩況字。況潮嶺海之間，去京師萬里哉，是為鱷魚出脫，歸罪後王之棄地，故不敢責鱷魚之涵淹卵育。況禹跡所揜揚州之近地，以牛女分野，潮陽亦屬揚州，且天子有命，刺史有責，其勢萬不足以容鱷魚。兩況字，一縱一收，却用得十分有力。篇中凡五提天子之命，頗極鄭重，然在當時讀之，自見其忠，自後人觀之，不免有獃氣。試問鱷魚一無知嗜殺之介蟲，豈知文章，又豈知有天子之命，且鱷非海中之物。半陸半水，在斐州恒居葦蕩之間，斷無能驅入海之理。後此陳文惠通判潮州，鳴鼓戮鱷於市，且為文告之。歐公至引之于神道碑中，尤堪捧腹。吾鄉某先達。惡白鷺晚噪其庭樹，且日遺矢汙人，因陳檄樹間，驅之令去，而晚噪遺矢知故，天下以文章喻庶物，難哉！

錢基博云：

或謂：「告鱷魚文，文氣似諭巴蜀檄。」然司馬相如諭巴蜀檄，以責備為安慰，辭氣似嚴而意實寬。而愈驅鱷魚文，以慰遣為放逐，意思本寬而辭特峻。又相如捭闔有縱橫之意；而昌黎嚴峻得誥諭之體。未免擬不於倫。

莊　適臧勵龢云：

鱷魚文表面為祭鱷魚，實則歸罪後王，文中「況潮嶺海之間去京師萬里哉」，即出脫鱷魚，責後王棄地之意；然語氣備極嚴正，故讀者不能覺；或謂經愈此文之祭，鱷魚即去潮入海，潮州自此無鱷魚患，此乃故神其說，不足憑信。

今案：告鱷魚文，止宜以文公當時心情讀之，乃見其公忠體國之意，如以今人眼光視之，自不免覺其痴騃矣。然文公之為此篇也，豈真毫無寓意者歟，約略言之，可得數端，譏古聖王，一也，頌今天子，二也，嚴飭吏治，三也，警惕凶頑，四也，此其用心所在是也。

附編

韓文公行狀

李翺

曾祖泰，皇任曹州司馬。祖叡素，皇任桂州長史。父仲卿，皇任祕書郎，贈尚書左僕射。

公諱愈，字退之，昌黎某人。生三歲，父歿，養於兄會舍。及長，讀書能記他生之所習。年二十五，上進士第。汴州亂，詔以舊相東都留守董晉為平章事，宣武軍節度使，以平汴州。晉辟公以行，遂入汴州，得試祕書省校書郎，為觀察推官。晉卒，公從晉喪以出，四日而汴州亂，凡從事之居者皆殺死。武寧軍節度使張建封奏為節度推官，得試太常寺協律郎。選授四門博士，遷監察御史。為幸臣所惡，出守連州陽山縣令。政有惠於下。及公去，百姓多以公之姓名其子。改江陵府法曹參軍，入為權知國子博士。宰相有愛公文者，將以文學職處公。有爭先者，構公語以非之。公恐及難，遂求分司東都。權知三年，改真博士。入省，為分司都官員外郎。改河南縣令，日以職分辨於留守及尹，故軍士莫敢犯禁。入為職方員外郎，華州刺史奏華陰縣令柳澗有罪，遂將貶之，公上疏請發御史辨曲直，方可處以罪，則下不受屈。旣柳澗有犯，公由是復為國子博士。改比部郎中，史館修撰，轉考功郎中，修撰如故。數月，以考功知制誥。

上將平蔡州，先命御史中丞裴公度使諸軍以視兵。及還，奏兵可用，賊勢可以滅，頗與宰相意忤。旣數月，盜殺宰相，又害中丞，不克，中丞微傷，馬逸以免。遂為宰相，以主東兵。自安祿山起范陽，陷兩京，河南北六七鎮節度使身死，則立其子，作軍士表以請，朝廷因而與之。及貞元季年，雖順地節將死，多卽軍中取行軍副使將校以授之節，習以成故矣。朝廷之賢，恬於所安，以苟不用兵為貴，議多與裴丞相異。唯公以為盜殺宰相而遂息兵，其為懦甚大，兵不可以息。以天下力取三州，尚何不可？與裴丞相議合，故兵遂用。而宰相有不便之者。月滿，遷中書舍人，賜緋魚袋，後竟以他事改太子右庶子。元和十二年秋，以兵老久屯，賊未滅，上命裴丞相為淮西節度使，以招討之，丞相請公以行。於是以公兼御史中丞，賜三品衣魚，為行軍司馬，從丞相居於郾城。公知蔡州精卒悉聚界上，以拒官軍，守城者率老弱，且不過千人，亟白丞相，請以兵三千人間道以入，必擒吳元濟。丞相未及行，而李愬自唐州文城壘，提其卒以夜入蔡州，果得元濟。蔡州既平，布衣柏耆以計謁公，公與語奇之，遂白丞相曰：「淮西滅，王承宗膽破，可不勞用衆，宜使辯士奉相公書，明禍福以招之，彼必服。」丞相然之，公令柏耆口占為丞相書，明禍福，使柏耆袖之以至鎮州。承宗果大恐，上表請割德、棣二州以獻。丞相歸京師，公遷刑部侍郎。

歲餘，佛骨自鳳翔至，傳京師諸寺，百姓有燒指與頂以祈福者。公奏疏言，自伏羲至周文、武時，皆未有佛，而年多至百歲，有過之者。自佛法入中國，帝王事之，壽不能長。梁武帝事之最謹，而國大亂，請燒棄佛骨。疏入，貶潮州刺史，移袁州刺史。百姓以男女為人隸者，公皆計傭以償其直，而出歸之。

入遷國子祭酒，有直講能說禮而陋於容，學官多豪族子，擯之不得其食。公命吏曰：「召直講來，與祭酒共食。」學官由此不敢賤直講。奏儒生為學官，日使會講，生徒多奔走聽聞，皆相喜曰：「韓公來為祭酒，國子監不寂寞矣。」改兵部侍郎。

鎮州亂，殺其帥田弦正，征之不克，遂以王廷湊為節度使。詔公往宣撫，既行，衆皆危之。元稹奏曰：「韓愈可惜。」穆宗亦悔，有詔令至境觀事變，無必於入。公曰：「安有受君命而滯留自顧？」遂疾驅入，廷湊嚴兵拔刃弦弓矢以逆。及館，甲士羅於庭，公與廷湊監軍使三人就位。既坐，廷湊言曰：「所以紛紛者，乃此士卒所為，本非廷湊心。」公大聲曰：「天子以為尚書有將帥材，故賜之以節。實不知公共健兒語未得，乃大錯。」甲士前奮言曰：「先太史為國打朱滔，滔遂敗走，血衣皆在，此軍何負朝廷，乃以為賊乎？」公告曰：「兒郎等且勿語，聽愈言。愈將為兒郎已不記先太史之功與忠矣，若猶記得，乃大好。且為逆與順利害，不能遠引古事，但以天寶來禍福，為兒郎等明之。安祿山、史思明、李希烈、梁崇義、朱滔、朱泚、吳元濟、李師道復有若子若孫在乎？亦有居官者乎？」衆皆曰：「無。」又曰：「田令公以魏博六州歸朝廷，為節度使，後至中書令，父子皆受旄節，子與孫雖在童幼者，亦為好官。窮富極貴，寵榮耀天下。劉悟、李祐皆居大鎮，王承元年始十七，亦杖節。此皆三軍耳所聞也。」衆乃曰：「田弦正刻此軍，故軍不安。」公曰：「然，汝三軍亦害田令公身，又殘其家矣，復何道？」衆乃讙曰：「侍郎語是，侍郎語是。」廷湊恐衆心動，遽麾衆散出，因泣謂公曰：「侍郎來，欲令廷湊何所為。」公曰：「神策六軍之將，如牛元翼比者不少，但朝廷顧大體，不可以棄之耳，而尚書久圍之何也？」廷湊曰：「即出之。」公曰：「若真耳，則無事矣。」因與之宴而歸，而牛元翼果出。及還，於上前盡奏與廷湊及三軍語。上大悅曰：「卿直向伊如此道。」由是有意欲大用之。王武俊贈太師，呼太史者，燕趙人語也。

轉吏部侍郎，凡令史皆不鎖聽出入。或問公，公曰：「人所以畏鬼者，以其不能見。鬼如可見，則人不畏之矣。選人不得見令史，故令史勢重，聽其出入，則勢輕。」改京兆尹，兼御史大夫，特詔不就御史臺謁，後不得引為例。六軍將士皆不敢犯，私相告曰：「是尚欲燒佛骨者，安可忤？」故盜賊止。遇旱，米價不敢上。李紳為御史中丞，械囚送府，使以尹杖杖之。公曰：「安有此？」使歸其囚。是時紳方幸，宰相欲去之，故以臺與府不協為請，出紳為江西觀察使，以公為兵部侍郎。紳既復留，公入謝，上曰：「卿與李紳爭何事？」公因自辨。數日復為吏部侍郎。長慶四年得病，滿百日罷，既罷，以十二月二日卒於靖安里第。

公氣厚性通，論議多大體，與人交，始終不易。凡嫁內外及交友之女無主者十人。幼養於嫂鄭氏，及嫂歿，為之服朞以報之。深於文章，每以為自楊雄之後，作者不出，其所為文，未嘗效前人之言，而固與之並。自貞元末，以至於茲，後進之士，其有志於古文者，莫不視公以為法。有集四十卷，小集十卷。及病，遂請告以罷。每與交友言既終以處妻子之語，且曰：「某伯兄德行高，曉方藥，食必視本草，年止於四十二。某疎愚，食不擇禁忌，位為侍郎，年出伯兄十五歲矣，如又不足，於何而足？且獲終牖下，幸不至失大節，以下見先人，可謂榮矣。」享年五十七，贈禮部尚書。謹具任官事跡如前，請牒考功下太常定諡，幷牒史館，謹狀。

韓文公墓誌銘

皇甫湜

長慶四年八月，昌黎韓先生既以疾免吏部侍郎，諭湜曰：「死能令我躬所以不隨世磨滅者，唯子以為囑。」其年十二月丙子，遂薨。明年正月，其孤昶使奉功緒之錄繼訃以至。三月癸酉，葬河南河陽，乃哭而敍銘其墓。其詳將揭之於神道碑云。

先生諱愈，字退之。後魏安桓王茂六代孫。祖朝散大夫桂州長史諱叡素，父祕書郎贈尚書左僕射諱仲卿。先生七歲好學，言出成文。及冠，恣為書以傳聖人之道。人始未信，既發不揜，聲震業光，衆方驚爆而萃排之。乘危將顛，不懈益張，卒大信於天下。先生之作，無圓無方，至是歸工。抉經之心，執聖之權，尚友作者，跋邪觝異，以扶孔氏，存皇之極。知與罪非我計。茹古涵今，無有端涯，渾渾灝灝，不可窺校。及其酣放，豪曲快字，凌紙怪發，鯨鏗春麗，驚耀天下。然而栗密窈眇，章妥句適，精能之至，入神出天。嗚呼！極矣。後人無以加之矣。姬氏以來，一人而已矣。

始先生以進士三十有一仕，歷官，其為御史尚書郎中書舍人，前後三貶，皆以疏陳治事，廷議不隨，為罪。常惋佛老氏法，潰聖人之隄，乃唱而築之。及為刑部侍郎，遂章言憲宗迎佛骨非是，任為身恥，上怒天子。先生處之安然，就貶八千里海上。嗚呼！古所謂非苟知之，亦允蹈之者耶！吳元濟反，吏兵久屯無功，國涸將疑，衆懼恟恟。先生以右庶子兼御史中丞行軍司馬。宰相軍出潼關，請先乘遽至汴，感說都統，師乘遂和，卒擒元濟。王庭湊反，圍牛元翼於深，救兵十萬，望不敢前。詔擇廷臣往諭，衆慄縮，先生勇行。元稹言於上曰：「韓愈可惜。」穆宗悔，馳詔無徑入。先生曰：「止，君之仁。死，臣之義。」遂至賊營，麾其衆責之，賊恇汗伏地，乃出元翼。春秋美臧孫辰告糴於齊，以為急病，校其難易，孰為宜褒？嗚呼！先生真古所謂大臣者耶！遷拜京兆尹，斂禁軍，帖旱糴，𪘏倖臣之鋩，再為吏部侍郎，薨年五十七，贈禮部尚書。

先生與人洞朗軒闢，不施戟級。族姻友舊不自立者，必待我然後衣食嫁娶喪葬。平居雖寢食未嘗去書，怠以為枕，飡以飴口，講評孜孜，以磨諸生。恐不完美，游以詼笑嘯歌，使皆醉義忘歸。嗚呼！可謂樂易君子鉅人長者矣。

夫人高平郡君范陽盧氏，孤前進士昶，婿左拾遺李漢，集賢校理樊宗懿，次女許嫁陳氏，三女未笄。

維天有道，在我先生。萬頸胥延，坐廟以行。令望絕邪，痌此四方。惟聖有文，乖徽歲千。先生起之，焯役於前。彍義滂仁，耿照充天。有如先生，而合亙年。按我章書，經紀大環。唫不時施，昌極後昆。噫嘻永歸，奈知之悲。

記舊本韓文後

歐陽修

予少家漢東，漢東僻陋無學者，吾家又貧無藏書，州南有大姓李氏者，其子彥輔頗好學，予為兒童時，多游其家，見其弊筐貯故書，在壁間，發而視之，得唐昌黎先生文集六卷，脫略顛倒無次第，因乞李氏以歸讀之，見其言深厚而雄博，然予猶少，未能究其義，徒見其浩然無涯若可愛，是時天下學者，楊劉之作，號為時文，能者取科第，擅名聲，以誇榮當世，未嘗有道韓文者，予亦方舉進士，以禮部詩賦為事，年十有七，試于州，為有司所黜，因取所藏韓氏之文復閱之，則喟然嘆曰，學者當至於是而止爾，因怪時人之不道，而顧己亦未暇學，徒時時獨念于予心，以謂方從進士干祿以養親，苟得祿矣，當盡力于斯文，以償其素志。

後七年，舉進士，及第，官于洛陽，而尹師魯之徒皆在，遂相與作為古文，因出所藏昌黎集而補綴之，求人家所有舊本而校定之，其後天下學者，亦漸趨於古，而韓文遂行于世，至于今，蓋三十餘年矣，學者非韓不學也，可謂盛矣。

嗚呼，道固有行於遠而止於近，有忽于往而貴于今者，非惟世俗好惡之使然，亦其理有當然者，故孔孟惶惶於一時，而師法於千萬世，韓氏之文，沒而不見者二百年，而後大施於今，此又非特好惡之所上下，蓋其久而愈明，不可磨滅，雖蔽于暫而終耀于無窮者，其道當然也。

予之始得於韓也，當其沈沒弃廢之時，予固知其不足以追時好而取勢利，於是就而學之，則予之所為者，豈所以急名譽而干勢利之用哉，亦志乎久而已矣，故予之仕，於進不為喜，退不為懼者，蓋其志先定，而所學者宜然也。

集本出於蜀，文字刻畫，頗精於今世俗本，而脫繆尤多，凡三十年間，聞人有善本者，必求而改正之，其最後卷秩不足，今不復補者，重增其故也，予家藏書萬卷，獨昌黎先生集為舊物也，嗚呼，韓氏之文之道，萬世所共尊，天下所共傳而有也，予於此本，特以其舊物而尤惜之。

潮州韓文公廟碑

蘇　軾

匹夫而為百世師，一言而為天下法，是皆有以參天地之化，關盛衰之運，其生也有自來，其逝也有所為矣，故申呂自嶽降，而傅說為列星，古今所傳，不可誣也。孟子曰：「吾善養吾浩然之氣。」是氣也，寓於尋常之中而塞乎天地之間，卒然遇之，則王公失其貴，晉楚失其富，良平失其智，賁育失其勇，儀秦失其辯，是孰使之然哉，其必有不依形而立，不恃力而行，不待生而存，不隨死而亡者矣，故在天為星辰，在地為河嶽，幽則為鬼神，而明則復為人，此理之常，無足怪者。

自東漢以來，道喪文弊，異端並起，歷唐貞觀開元之盛，輔以房杜姚宋而不能救，獨韓文公起布衣，談笑而麾之，天下靡然從公，復歸于正，蓋三百年於此矣，文起八代之衰，而道濟天下之溺，忠犯人主之怒，而勇奪三軍之帥，此豈非參天地，關盛衰，浩然而獨存者乎？蓋嘗論天人之辨，以謂人無所不至，惟天不容偽，智可以欺王公，不可以欺豚魚，力可以得天下，不可以得匹夫匹婦之心，故公之精誠，能開衡山之雲，而不能回憲宗之惑，能馴鱷魚之暴，而不能弭皇甫鎛李逢吉之謗，能信於南海之民，廟食百世，而不能使其身一日安於朝廷之上，蓋其所能者天也，其所不能者人也。

始潮人未知學，公命進士趙德為之師，自是潮之士皆篤於文行，延及齊民，至于今，號稱易治，信乎孔子之言，君子學道則愛人，而小人學道則易使也，潮人之事公也，飲食必祭，水旱疾疫，凡有求必禱焉，而廟在刺史公堂之後，民以出入為艱，前守欲請諸朝，作新廟，不果，元祐五年，朝散郎王君滌，來守是邦，凡所以養士治民者，一以公為師，民概悅服，則出令曰，願新公廟者聽，民讙趨之，卜地於州城南七里，期年而廟成，或曰，公去國萬里，而謫于潮，不能一歲而歸，沒而有知，其不眷戀于潮也審矣，軾曰，不然，公之神在天下者，如水之在地中，無所往而不在也，而潮人獨信之深，思之至，焄蒿悽愴，若或見之，譬如鑿井得水，而曰水專在是，豈理也哉，元豐七年，詔封公昌黎伯，故榜曰昌黎伯韓文公之廟，潮人請書其事于石，因為作詩以遺之，使歌以祀公，其詞曰：

公昔騎龍白雲鄉，手決雲漢分天章，天孫為織雲錦裳，飄然乘風來帝旁，下與濁世掃粃糠，西游咸池略扶桑，草木衣被昭回光，追逐李杜參翱翔，汗流籍湜走且僵，滅沒倒景不可望，作書詆佛譏君王，要觀南海窺衡湘，歷舜九疑弔英皇，祝融先驅海若藏，約束鮫鱷如驅羊，釣天無人帝悲傷，謳吟下招遣巫陽，爆牲雞卜羞我觴，於桀荔丹與蕉黃，公不少留我涕滂，翩然被髮下大荒。

論韓愈

陳寅恪

古今論韓愈者衆矣，譽之者固多，而譏之者亦不少，譏之者之言則昌黎所謂「蚍蜉撼大樹，可笑不自量」者，（昌黎集伍調張籍詩。）不待贅辯，卽譽之者亦未中肯綮。今出新意，仿僧徒詮釋佛經之體，分為六門，以證明昌黎在唐代文化史上之特殊地位。至昌黎之詩文為世所習誦，故略舉一二，藉以見例，無取詳備也。

一曰：建立道統，證明傳授之淵源。

華夏學術最重傳授淵源，蓋非此不足以徵信於人，觀兩漢經學傳授之記載，卽可知也。南北朝之舊禪學已採用阿育王經傳等書，偽作法藏因緣傳，已證明其學說之傳授。至唐代之新禪宗，特標教外別傳之旨，以自矜異，故尤不得不建立一新道統，證明其淵源之所從來，以壓倒同時之舊學派，此點關係吾國佛教史，人所共知，又其事不在本文範圍，是以亦可不必涉及，唯就退之有關者略言之。

昌黎集壹壹原道略云：

「曰：斯道也，何道也？曰：斯吾所謂道也，非向所謂老與佛之道也。堯以是傳之舜，舜以是傳之禹，禹以是傳之湯，湯以是傳之文武周公，文武周公傳之孔子，孔子傳之孟軻，軻之死不得其傳焉。」

退之自述其道統傳授淵源，固由孟子卒章所啓發，亦從新禪宗所自稱者摹襲得來也。

新唐書壹柒陸韓愈傳略云：

「愈生三歲而孤，隨伯兄會貶官嶺表。」

昌黎集壹復志賦略云：

「當歲行之未復兮，從伯氏以南遷。淩大江之驚波兮，過洞庭之漫漫。至曲江而乃息兮，逾南紀之連山。嗟日月其幾何兮，攜孤嫠而北旋。值中原之有事兮，將就食於江之南。」

同書貳叁祭十二郎文略云：

「嗚呼！吾少孤，及長，不省所怙，惟兄嫂是依。中年兄歿南方，吾與汝俱幼，從嫂歸葬河陽。既又與汝就食江南，零丁孤苦，未嘗一日相離也。」

李漢昌黎先生集序略云：

「先生生於大曆戊申，幼孤，隨兄播遷韶嶺。」

寅恪案，退之從其兄會謫居韶州，雖年頗幼小，又歷時不甚久。然其所居之處為新禪宗之發祥地，復值此新學說宣傳極盛之時，以退之之幼年穎悟，斷不能於此新禪宗學說濃厚之環境氣氛中無所接受感發，然則退之道統之，表面上雖由孟子卒章之言所啓發，實際上乃因禪宗教外別傳之説所造成，禪學於退之之影響亦大矣哉！宋儒僅執退之後來與大顛之關係，以為破獲贓據，欲奪取其道統者，似於退之一生經歷與其學説之原委，猶未達一間也。

二曰：直指人倫，掃除章句之繁瑣。

唐太宗崇尚儒學，以統治華夏，然其所謂儒學，亦不過承繼南北朝以來正義義疏繁瑣之章句學耳。又高宗武則天以後，偏重進士詞科之選，明經一目僅為中材以下進取之途徑，蓋其所謂明經者，止限於記誦章句，絕無意義之發明，故明經之科在退之時代，已全失去政治社會上之地位矣。（詳見拙著唐代政治史述論稿上篇。）南北朝後期及隋唐之僧徒亦漸染儒生之習，詮釋內典，襲用儒家正義義疏之體裁，與天竺詁解佛經之方法殊異，（見拙著楊樹達論語疏證序。）如禪學及禪宗最有關之三論宗大師吉藏天臺宗大師智顗等之著述與賈公彥孔穎達諸儒之書其體裁適相冥會，新禪宗特提出直指人心見性成佛之旨，一掃僧徒繁瑣章句之學，摧陷廓清，發聾振聵，固吾國佛敎史上一大事也。退之生值其時，又居其地，睹儒家之積弊，效禪侶之先河，直指華夏之特性，掃除賈孔之繁文，原道一篇中心旨意實在於此，故其言曰：

「傳曰：古之欲明明德於天下者，先治其國，欲治其國者，先齊其家，欲齊其家者，先修其身，欲修其身者，先正其心，欲正其心者，先誠其意，然則古之所謂正心而誠意者，將以有為也。今也欲治其心，而外天下國家，滅其天常，子焉而不父其父，臣焉而不君其君，民焉而不事其事。」

同書伍寄盧仝詩云：

「春秋三傳束高閣，獨抱遺經究終始。」

寅恪案，原道此節為吾國文化史中最有關係之文字，蓋天竺佛敎傳入中國時，而吾國文化史已達甚高之程度，故必須改造，以蘄適合吾民族政治社會傳統之特性，六朝僧徒「格義」之學（詳見拙著支愍度學說考，載蔡元培六十五歲紀念論文集。）卽是此種努力之表現，儒家書中具有系統易被利用者，則為小戴記之中庸，梁武帝已作嘗試矣。（隋書叁貳經籍志經部有梁武帝撰中庸講疏一卷，又私記制旨中庸義五卷。）然中庸一篇雖可利用，以溝通儒釋心性抽象之差異，而於政治社會具體上華夏天竺兩種學說之衝突，尚不能求得一調和貫徹，自成體系之論點。退之首先發見小戴記中大學一篇，闡明其說，抽象之心性與具體之政治社會組織可以融會無礙，即盡量談心說性，兼能濟世安民，雖相反而實相成，天竺為體，華夏為用，退之於此以奠定後來宋代新儒學之基礎，退之固是不世出之人傑，若不受新禪宗之影響，恐亦不克臻此。又觀退之寄盧仝詩，則知此種研究經學之方法亦由退之所稱奬之同輩中人發其端，與前此經師著述大異，而開啓宋代新儒學家治經之途徑者也。

三曰：排斥佛老，匡救政俗之弊害。

昌黎集壹壹原道略云：

「古之為民者四，今之為民者六，古之教者處其一，今之教者處其三，農之家一，而食粟之家六，工之家一，而用器之家六，賈之家一，而資焉之家六，奈之何民不窮且盜也是故君者，出令者也，臣者，行君之令而致之民者也，民者，出粟米麻絲，作器皿，通貨財，以事其上者也。君不出令，則失其所以為君，臣不行君之令而致之民，民不出粟米麻絲，作器皿，通貨財，以事其上，則誅。

人其人，火其書，廬其居，明先王之道以道之，鰥寡孤獨廢疾者有養也，其亦庶乎其可也。」

同書貳送靈師詩略云：

「佛法入中國，爾來六百年，齊民逃賦役，高士著幽禪。官吏不之制，紛紛聽其然。耕桑日失隸，朝署時遺賢。」

同書壹謝自然詩略云：

「人生有常理，男女各有倫。寒衣及肌食，在紡績耕耘，下以保子孫，上以奉尊親，茍異於此道，皆為棄其身。噫乎彼寒女，永託異物羣。感傷遂成詩，昧者宜書紳。」

寅恪案，上引退之詩文，其所持排斥佛教之論點，此前已有之，實不足認為退之之創見，特退之所言更較精闢，勝於前人耳。原道之文微有語病，不必以辭害意可也。謝自然詩乃斥道教者，以其所持論點與斥佛教者同，故亦附錄於此。今所宜注意者，乃為退之所論實具有特別時代性，即當退之時佛教徒衆多，於國家財政及社會經濟皆有甚大影響，觀下引彭偃之言可知也。唐會要肆柒議釋教上（參舊唐書壹貳柒彭偃傳。）略云：

「大曆十三年四月劍南東川觀察使李叔明奏請澄汰佛道二教，下尚書省集議。都官員外郎彭偃獻議曰：王者之政，變人心為上，因人心次之，不變不因，循常守故者為下，故非有獨見之明，不能行非常之事。今陛下以維新之政，為萬代法，若不革舊風，令歸正自西方之教被於中國，去聖日遠，空門不行五濁，比丘但行麁法，爰自後漢，至於陳隋，僧之教滅，其亦數四，或至坑殺，殆無遺餘，前代帝王，豈惡僧道之善，如此之深耶？蓋其亂人亦已甚矣。且佛之立教清淨無為，若以色見，卽是邪法，開示悟入，惟有一門，所以三乘之人，比之外道，況今出家者，皆是無識下劣之流，縱其戒行高潔，在於王者，已無用矣。今叔明之心甚善，然臣恐其奸吏詆欺，而去之者未必非，留者不必是，無益於國，不能息奸，既不變人心，亦不因人心，强制力持，難致遠耳。臣聞天生蒸民，必將有職，遊行浮食，王制所禁，故有才者受爵祿，不肖者出租稅，此古之常道也。今天下僧道不耕而食，不織而衣，廣作危言險語，以惑愚者。一僧衣食，歲計約三萬有餘，五丁所出，不能致此，舉一僧以計天下，其費可知，陛下日旰慮勤，將去人害，此而不救，奚其為政？臣伏請僧道未滿五十者，每年輸絹四疋，尼及女道士未滿五十者，輸絹二疋，其雜色役與百姓同，有才智者，令入仕，請還俗為平人者聽，但令就役輸課，為僧何傷？臣竊料其所出，不下今之租賦三分之一，然則陛下之國富矣，蒼生之害除矣。其年過五十者，請皆免之。夫子曰，五十而知天命。列子曰，不斑白，不知道。人年五十歲嗜慾已衰，縱不出家，心已近道，況戒律檢其性情哉？臣以為此令旣行，僧尼規避還俗者，固已大半，其年老精修者，必盡為人師，則道釋二教益重明矣。上深嘉之。」寅恪案，彭偃為退之同時人，其所言如此，則退之之論自非剿襲前人空言，為無病之呻吟，實匡世正俗之良策，蓋唐代人民擔負國家直接稅及勞役者為「課丁」，其得享有免除此種賦役之特權者為「不課丁」，「不課丁」為當日統治階級及僧尼道士女冠等宗教徒，而宗教之中佛教徒佔最多數，其有害國家財政社會經濟之處在諸宗教中尤為特著，退之排斥之亦最力，要非無因也。

至道教則唐皇室以姓李之故，道教徒因緣傅會。自唐初以降，卽逐漸取得政治社會上之地位，至玄宗時而極盛，如以道士女冠隸屬宗正寺，（見唐會要陸伍宗正寺崇玄署條。）尊崇老子以帝號，為之立廟，祀以祖宗之禮，除老子為道德經外，更名莊文列庚桑諸子為南華通玄沖虛洞靈等經，設崇玄學，以課生徒，同於國子監，道士女冠有犯，准道格處分諸端（以上均見唐會要伍拾尊崇道教門。）皆是其例。尤可笑者，乃至提漢書古今人表中之老子，自三等而升為一等，（見唐會要伍拾尊崇道教門。）號老子妻為先天太后，作孔子像，侍老子之側，（以上二事見唐會要伍拾尊崇道教雜記門。）荒謬幼稚之舉措，類此尚多，無取詳述。退之排斥道教之論點除與其排斥佛教相同者外，尚有二端，所應注意，一為老子乃唐皇室所攀認之祖宗，退之以臣民之資格，痛斥力詆，不稍諱避，其膽識已自超其儕輩矣。二為道教乃退之稍前或同時之君主宰相所特提倡者，蠹政傷俗，實是當時切要問題。據新唐書壹佰玖王嶼傳（參舊唐書壹叁拾王嶼傳。）略云：

「玄宗在位久，推崇老子道，好神仙事，廣修祠祭，靡神不祈。嶼上言，請築壇東郊，祀青帝，天子入其言，擢太常博士侍御史，為祠祭使。嶼專以祠解中帝意，有所禳祓，大抵類巫覡。漢以來葬喪皆有瘞錢，後世里俗稍以紙寓錢，為鬼事，至是嶼乃用之。肅宗立，累遷太常卿，又以祠禱見寵。乾元三年拜蒲同絳等州節度使，俄以中書侍郎同中書門下平章事。時大兵後，天下願治，嶼望輕，無它才，不為士議諧可，既驟得政，中外悵駭。乃奏置太一壇，勸帝身見九宮祠，帝由是專意，它議不能奪。帝嘗不豫，太卜建言，祟在山川。嶼遣女巫乘傳，分禱天下名山大川，巫皆盛服，中人護領，所至干託州縣，賂遺狼藉。時有一巫美而蠱，以惡少年數十自隨，尤憸狡不法，馳入黃州。刺史左震晨至館請事，門鐍不啓，震怒，破鐍入，取巫斬廷下，悉誅所從少年，籍其贓，得十餘萬，因遣還中人。既以聞，嶼不能詰，帝亦不加罪。明年罷嶼為刑部尚書，又出為淮南節度使，猶兼祠祭使。始嶼託鬼神致位將相，當時以左道進者紛紛出焉。」

舊唐書壹叁拾李泌傳略云：

「泌頗有讜直之風，而談神仙詭道，或云嘗與赤松子王喬安期羨門遊處，故為代所輕，雖詭道求容不為時君所重。德宗初卽位，尤惡巫祝怪誕之士，初肅宗重陰陽祠祝之說，用妖人王嶼為宰相。或命巫媼乘驛行郡縣以為厭勝，凡有所興造功役，動牽禁忌。而黎幹用左道，位至尹京，嘗內集衆工編刺珠繡為御衣，旣成而焚之，以為禳禬，且無虛月。德宗在中宮頗知其事，卽位之後，罷集僧於內道場，除巫祝之祀，有司言，宣政內廊壞，請修繕，而太卜云，孟冬為魁罔，不利穿築，請卜他月。帝曰，春秋之義，啓塞從時，何魁罔之有？卒命修之。又代宗山陵靈駕發引，上號送於承天門，見轀輬不當道，稍指午未間，問其故。有司對曰，陛下本命在午故不敢當道。上號泣曰，安有枉靈駕而謀身利？卒命直午而行。及建中末寇戎內梗，桑道茂有城奉天之說，上稍以時日禁忌為意，而雅聞泌長於鬼道，故自外徵還，以至大用，時論不以為愜。」

及國史補上李泌任虛誕條（參太平廣記貳捌玖祆妄類李泌條）云：

「李相泌以虛誕自任。嘗對客曰：今家人速灑掃，今夜洪崖先生來宿。有人遺美酒一榼，會有客室，乃曰：麻姑送酒來，與君同傾。傾之未畢，閽者云，某侍郎取榼子。泌命倒還之，略無怍色。」

則知退之當時君相沉迷於妖妄之宗教，民間受害，不言可知，退之之力詆道教，其隱痛或有更甚於詆佛教者，特未昌言之耳。後人昧於時代性，故不知退之言有物意有指，遂不加深察，等閒以崇正闢邪之空文視之，故特為標出如此。

四曰：呵詆釋迦，申明夷夏之大防。

昌黎集叁玖論佛骨表略云：

「臣某言，伏以佛者，夷狄之一法耳，自後漢時流入中國，上古未嘗有也。假如其身至今尚在，奉其國命，來朝京師，陛下容而接之，不過宣政一見，禮賓一設，賜衣一襲，衞而出之於境，不令惑衆也。」

全唐詩壹貳函韓愈拾贈譯經僧詩云：

「萬里休言道路賒，有誰教汝度流沙。只今中國方多事，不用無端更亂華。」

寅恪案：退之以諫迎佛骨得罪，當時後世莫不重其品節，此不待論者也。今所欲論者，即唐代古文運動一事，實由安史之亂及藩鎮割據之局所引起。安史為西胡雜種，藩鎮又是胡族或胡化之漢人，（詳見拙著唐代政治史述論稿上篇。）故當時特出之文士自覺或不自覺，其意識中無不具有遠則周之四夷交侵，近則晉之五胡亂華之印象，「尊王攘夷」所以為古文運動中心之思想也。在退之稍先之古文家如蕭穎士李華獨孤及梁肅等；與退之同輩之古文家如柳宗元劉禹錫元稹白居易等，雖同有此種潛意識，然均不免認識未清晰，主張不澈底，是以不敢亦不能因釋迦為夷狄之人，佛教為夷狄之法，抉其本根，力排痛斥，若退之之所言所行也。退之之所以得為唐代古文運動領袖者，其原因卽在於是，此意已見拙著元白詩箋證稿新樂府章法曲篇末，茲不備論。

五曰：改進文體，廣收宣傳之效用。

關於退之之文，寅恪嘗詳論之矣。（見拙著元白詩箋證稿長恨歌章。）其大旨以為退之之古文乃用先秦兩漢之文體，改作唐代當時民間流行之小說，欲藉之一掃腐化僵化不適用於人生之駢體文，作此嘗試而能成功者，故名雖復古，實則通今，在當時為最便宣傳，甚合實際之文體也。至於退之之詩，古今論者亦多矣，茲僅舉一點，以供治吾國文學史者之參考。陳師道後山居士詩話云：

「退之以文為詩，子瞻以詩為詞，如教坊雷大使之舞，雖極天下之工，要非本色。今代詞手唯秦七黃九爾，唐諸人不迨也。」

寅恪案：退之以文為詩，誠是確論，然此為退之文學上之成功，亦吾國文學史上有趣之公案也。據高僧傳貳譯經中鳩摩羅什傳略云：

「初、沙門慧叡才識高明，常隨什傳寫。什每為叡論西方辭體，商略同異，云：天竺國俗甚重文製，其宮商體韻入絃為善，凡覲國王，必有讚德，見佛之儀以歌歎為貴，經中偈頌皆其式也，但改梵為秦，失其藻蔚，雖得大意，殊隔文體，有似嚼飯與人，非徒失味，乃令嘔噦也，什常作頌贈沙門法和云：心山育明德，流薰萬由延，哀鸞孤桐上，清音徹九天，凡為十偈，辭喻皆爾。」

蓋佛經大抵兼備「長行」卽散文及偈頌卽詩歌兩種體裁。而兩體辭意又往往相符應。考「長行」之由來，多是改詩為文而成者，故「長行」乃以詩為文，而偈頌亦可視為以文為詩也。天竺偈頌音綴之多少，聲調之高下，皆有一定規律，唯獨不必叶韻，六朝初期四聲尚未發明，與羅什共譯佛經諸僧徒雖為當時才學絕倫之人，而改竺為華，以文為詩，實未能成功，惟仿偈頌音綴之有定數，勉強譯為當時流行之五言詩，其他不遑顧及，故字數雖有一定，而平仄不調，音韻不叶，生吞活剝，似詩非詩，似文非文，讀之作嘔，此羅什所以嘆恨也。如馬鳴所撰佛所行讚，為梵佛文教文學中第一作品。寅恪昔年與鋼和泰君共讀此詩，取中文二譯本及藏文譯本比較研究，中譯似尚遜於藏譯，當時亦引為憾事，而無可如何者也。自東漢至退之以前，此種以文為詩之困難問題迄未有能解決者。退之雖不譯經偈，但獨運其天才，以文為詩，若持較華譯佛偈，則退之之詩詞旨聲韻無不諧當，既有詩之優美，復具文之流暢，韻散同體，詩文合一，不僅空前，恐亦絕後。試觀清高宗御製諸詩，卽知退之為非常人，決非效顰之輩所能企及者矣。後來蘇東坡辛稼軒之詞亦是以文為之，此則效法退之而能成功者也。

六曰：獎掖後進，期望學說之流傳。

唐代古文家多為才學卓越之士，其作品如唐文粹所選者足為例證，退之一人獨名高後世，遠出餘子之上者，必非偶然。據舊唐書壹陸拾韓愈傳略云：

「大曆貞元之間，文字多尚古學，效揚雄董仲舒之述作，而獨孤及梁肅最稱淵奧，儒林推重。愈從其徒遊，銳意鑽仰，欲自振於一代。」

及新唐書壹柒陸韓愈傳略云：

「愈成就後進士，往往知名，經愈指授皆稱韓門弟子。」

則知退之在當時古文運動諸健者中，特具承先啓後作一大運動領袖之氣魄與人格，為其他文士所不能及。退之同輩勝流如元微之白樂天，其著作傳播之廣，在當日尚過於退之。退之官又低於元，壽復短於白，而身歿之後，繼續其文學者不絕於世，元白之遺風雖或尚流傳，不至斷絕，若與退之相較，誠不可同年而語矣。退之所以得致此者，蓋亦由其平生奬掖後進，開啓來學，為其他諸古文運動家所不為，或偶為之而不甚專意者，故「韓門」遂因此而建立，韓學亦更緣此而流傳也。世傳隋末王通講學河汾，卒開唐代貞觀之治，此固未必可信，然退之發起光大唐代古文運動，卒開後來趙宋新儒學新古文之文化運動，史證明確，則不容置疑者也。

綜括言之，唐代之史可分前後兩期，前期結束南北朝相承之舊局面，後期開啓趙宋以降之新局面，關於政治社會經濟者如此，關於文化學術者亦莫不如此。退之者，唐代文化學術史上承先啓後轉舊為新關捩點之人物也。其地位價值若是重要，而千年以來論退之者似尚未能窺其蘊奥，故不揣愚昧，特發新意，取證史籍，草成此文，以求當世論文治史者之教正。

引用諸家姓名及資料來源對照表

王安石——引見東雅堂本昌黎先生集
王宋賢——引見高步瀛唐宋文擧要
王若虛——引見高步瀛唐宋文擧要
方　苞——引見馬其昶韓昌黎文集校注
石守道——引見謝疊山（鄒守益）正續文章軌範
朱　熹——見朱文公校昌黎先生集
李光地——引見黃華表韓文導讀
李性學——引見正續文章軌範
李習之——引見東雅堂本昌黎先生集
汪武曹——引見唐順之唐宋八大家文格纂評
李剛己——引見高步瀛唐宋文擧要

呂居仁——引見馬其昶韓昌黎文集校注
呂祖謙——見所著古文關鍵
何　焯——引見馬其昶韓昌黎文集校注
吳汝綸——引見吳闓生古文範、桐城吳氏古文法
吳楚材吳調侯——引見羅聯添韓愈研究
吳闓生——見所著古文範、桐城吳氏古文法
宋遠孫——引見馬其昶韓昌黎文集校注
沈欽韓——引見馬其昶韓昌黎文集校注
沈德潛——引見黃華表韓文導讀
林有席——引見黃華表韓文導讀
林次崖——引見正續文章軌範
林　紓——見所著韓柳文研究法
林雲銘——見所著古文析義
金聖歎——引見唐宋八大家文格纂評

茅　坤——見所纂唐宋八大家文鈔
馬其昶——見所著韓昌黎文集校注
胡思泉——引見正續文章軌範
姚　範——引見馬其昶韓昌黎文集校注
姚　鼐——見所纂古文辭類纂
浦二田——引見唐宋八大家文格纂評
倪承茂——引見黃華表韓文導讀
徐幼錚——引見高步瀛唐宋文舉要
敖清江——引見正續文章軌範
唐子西——引見馬其昶韓昌黎文集校注
唐順之——見所輯唐宋八大家文格纂評
高步瀛——見所著唐宋文舉要
秦躍龍——引見黃華表韓文導讀
陳文貞——引見吳闓生桐城吳氏古文法

梅曾亮——引見吳闓生桐城吳氏古文法

張伯行——引見羅聯添韓愈研究

張裕釗——引見馬其昶韓昌黎文集校注

莊　適臧勵龢——見所選注韓愈文

湯東澗——引見正續文章軌範

曾國藩——引見馬其昶韓昌黎文集校注

程　頤——引見東雅堂本昌黎先生集

虞邵庵——引見正續文章軌範

趙南塘——引見正續文章軌範

劉大櫆——引見馬其昶韓昌黎文集校注

潘大鈉——引見黃華表韓文導讀

蔡世遠——引見黃華表韓文導讀

樊汝霖——引見東雅堂本昌黎先生集

樓迂齋——引見正續文章軌範

蔣抱玄——引見注釋評點韓昌黎文全集
錢大昕——引見高步瀛唐宋文舉要
錢湖東——引見正續文章軌範
錢基博——見所著韓愈志
錢謙益——引見黃華表韓文導讀
錢豐袠——引見正續文章軌範
薛敬軒——引見馬其昶韓昌黎文集校注
歸有光——引見馬其昶韓昌黎文集校注
謝疊山（枋守益）——見所輯正續文章軌範
蘇　洵——引見馬其昶韓昌黎文集校注
蘇　軾——引見羅聯添韓愈研究
儲　欣——見所輯唐宋八大家類選
顧廻瀾——引見正續文章軌範

國家圖書館出版品預行編目資料

韓文選析

胡楚生編著. – 初版. – 臺北市：臺灣學生，2020.07
面；公分

ISBN 978-957-15-1773-5 (平裝)

844.17 107011955

韓文選析

編著者 胡楚生
出版者 臺灣學生書局有限公司
發行人 楊雲龍
發行所 臺灣學生書局有限公司
地址 臺北市和平東路一段 75 巷 11 號
劃撥帳號 00024668
電話 (02)23928185
傳真 (02)23928105
E-mail student.book@msa.hinet.net
網址 www.studentbook.com.tw
登記證字號 行政院新聞局局版北市業字第玖捌壹號
定價 新臺幣四八〇元
出版日期 二〇二〇年七月初版
ISBN 978-957-15-1773-5

84409